Signor Hoffman

Eduardo Halfon
Signor Hoffman

Libros del Asteroide

Primera edición, 2015
Tercera reimpresión, 2023

Queda rigurosamente prohibida, sin la autorización
escrita de los titulares del *copyright*, bajo
las sanciones establecidas en las leyes, la reproducción
total o parcial de esta obra por cualquier medio
o procedimiento, incluidos la reprografía
y el tratamiento informático, y la distribución
de ejemplares mediante alquiler o préstamo públicos.

© Eduardo Halfon, 2015
c/o Casanovas & Lynch Literary Agency
www.casanovaslynch.com

© de esta edición, Libros del Asteroide S.L.U.

Fotografía de cubierta: Roman Vishniac
[Interior of the Anhalter Bahnhof railway terminus near Potsdamer Platz, Berlin],
1929-early 1930s
© Mara Vishniac Kohn, courtesy International Center of Photography

Publicado por Libros del Asteroide S.L.U.
Santaló, 11, 3.º 1.ª
08021 Barcelona
España
www.librosdelasteroide.com

ISBN: 978-84-16213-49-8
Depósito legal: B. 19.219-2015
Impreso por Kadmos
Impreso en España - Printed in Spain
Diseño de colección: Enric Jardí
Diseño de cubierta: Duró

El autor quisiera agradecer a la John Simon Guggenheim Memorial Foundation,
por su generoso apoyo en la escritura de este libro.
El texto «Han vuelto las aves» fue originalmente comisionado por el Banco
Interamericano de Desarrollo.

Este libro ha sido impreso con un papel ahuesado,
neutro y satinado de ochenta gramos, procedente de bosques
correctamente gestionados y con celulosa 100 % libre de cloro,
y ha sido compaginado con la tipografía Sabon en cuerpo 11,5.

Índice

SIGNOR HOFFMAN	11
BAMBÚ	37
HAN VUELTO LAS AVES	47
ARENA BLANCA, PIEDRA NEGRA	73
SOBREVIVIR LOS DOMINGOS	97
OH GUETO MI AMOR	109

Play myself, and let the wardrobe do the character.

HARRY DEAN STANTON

Signor Hoffman

Desde el tren se miraba el azul infinito del mar. Yo seguía agotado, desvelado por el vuelo nocturno y transatlántico hasta Roma, pero sólo contemplar el mar, ese mar Mediterráneo tan infinito y azul, me hacía olvidarlo todo, aun olvidarme de mí mismo. No sé por qué. No me gusta ir al mar, ni nadar entre las olas, ni caminar en la playa, ni mucho menos salir en barco. Me gusta el mar como imagen. Como idea. Como pensamiento. Como parábola de algo misterioso y a la vez evidente; de algo que al mismo tiempo promete salvarnos y amenaza matarnos. El mar, en fin, como una vecina desnuda y relumbrante en su ventana nocturna: desde lejos.

El viejo tren estaba recorriendo despacio toda la costa del Mediterráneo, por Nápoles, por Salerno, por aldeas cada vez más pequeñas y pobres, hasta finalmente entrar en Calabria. Ese extremo sureño de la península italiana. Esa región tan bucólica y montañosa y aún dominada por una de las mafias más poderosas del país, la 'Ndrangheta. El vagón iba casi vacío. Una anciana hojeaba revistas de moda. Un militar o policía dormitaba en el fondo. En la fila delante de mí, una pareja de adolescentes, acaso novios, estaba coqueteándose y besándose y discutiendo recio en italiano. Ella se erguía un poco en su asiento y se ponía de perfil y le pedía a él que por favor contemplara su nariz (yo no podía vérsela desde atrás; me la imaginé aguileña y larga, pálida y bella). Pero el chico sólo se la besaba en silencio, y ambos entonces se volvían a derretir en risas y cariños. Tardé un poco en comprender que esa misma noche harían una gran fiesta con todos sus amigos, ya que la chica había decidido operársela, reducírsela, al día siguiente. Una fiesta de despedida para su nariz, comprendí en italiano. Los besos del chico, comprendí en italiano, eran besos de despedida.

Me bajé del tren en la estación de Paola, pequeña ciudad turística frente al mar. Estaba de pie en el andén, terminando de abrigarme en el frío invernal, e intentando decidir qué hacer, en qué dirección caminar, cuando sentí que alguien me agarró el brazo desde atrás. Signor Halfon. Le sonreí desconcertado, viendo su melena rubia, su barba greñuda, su mirada de loco, pero de loco benévolo, de loco que se acaba de escapar de algún circo y a nadie le importa. Yo soy Fausto, dijo. Benvenuto in Calabria, y me estrechó la mano. ¿Qué tal el viaje? Su español me pareció correcto, aunque demasiado cantado. Todo él me pareció un actor de ópera bufa. Tendría, pensé, más o menos mi edad. Le dije que el viaje bien, pero largo. Me alegro, dijo rascándose la barba. Yo estaba tratando de recordar su nombre o su rostro, en vano. De pronto tomó mi maleta sin preguntarme. Bene, dijo. Andiamo subito, dijo, que ya es tarde, arrastrando mi pequeña maleta, guiándome del codo hacia delante como si yo fuera un ciego. Tengo la máquina estacionada aquí en la estrada, dijo. Para llevarlo a usted ahora mismo, signor Halfon, al campo de concentración.

La máquina de Fausto era un viejo Fiat rojizo que ya apenas cumplía con las mínimas normas de tráfico. Había que mantener el maletero cerrado con una cuerda. Mi cinturón de seguridad estaba roto. No había espejo retrovisor (quizás hubo, alguna vez, pues ahí seguía su huella de goma). Los frenos olían permanentemente a quemado. No entendí si por un fallo de las luces o del sistema eléctrico en sí, cada vez que Fausto quería cruzar tenía que pedir vía sacando su brazo izquierdo por la ventana, una ventana que estaba trabada a medias: ya no abría por completo, ni cerraba por completo. De vez en cuando, el motor hacía un ruido extraño, como ahogándose, como si estuviera a punto de morir, pero Fausto entonces sólo le daba un fuerte manotazo al tablero y el motor una vez más se salvaba. Aunque apenas.

Questo, dijo Fausto señalando con la mano una enorme iglesia o catedral, es el Santuario di San Francesco di Paola. Muy bello, dijo. Muy famoso. Muchos peregrinos de toda la Calabria. Y murmurando algo, se persignó. Le pregunté si iríamos primero al hotel a dejar mis cosas, a que me refrescara y descansara un poco. Dopo, dopo, me respondió. Después, se tradujo a sí mismo. Ahora directo al campo de concentración, dijo, donde lo espera el director. Y yo creí escuchar que había dicho herr direktor, y que hasta lo había dicho con un ligero acento alemán, y estuve a punto de gritarle que, conduciendo a un campo de concentración, jamás se le dice eso a un judío.

Se me antojó un cigarro. Le pregunté a Fausto si tenía uno, si él fumaba. Pero me ignoró o tal vez no me oyó.

En el Santuario di San Francesco di Paola, dijo mientras salíamos ya de la ciudad, hay todavía una bomba sin detonar. Quise abrir mi ventana para airearme, ventilar un poco el olor a polvo, a vaselina, a colonia barata; una ventana, claro, que no funcionaba. Cayó en 1943, dijo, durante los bombardeos de los aviones aliados, pero nunca detonó. Fausto aceleró en una avenida recta y larga, bordeada de olivos. Y ahí sigue esa bomba, intacta, dijo soltando la palanca de velocidades y alzando la mano derecha. Su largo dedo índice se estrelló sin querer contra el techo del Fiat. Un verdadero miracolo, dijo como desde otro lugar, o quizás era yo quien estaba ya en otro lugar, pensando en otras bombas, pensando en Hiroshima, soñando con Hiroshima, recordando que hacía poco, de viaje en Hiroshima, una chica japonesa llamada Aiko me había llevado a visitar la escuela primaria Fukuromachi, ubicada a menos de medio kilómetro del punto exacto donde el 6 de agosto del 45, a las ocho y cuarto de la mañana, cayó la bomba atómica. Aiko y yo estábamos de pie ante un muro negro que subía por el costado de unas viejas escaleras. Parecía una pizarra negra, llena de apuntes blancos. Aiko, cuyo propio abuelo había sobrevivido a la bomba (él nunca le hablaba de eso, ni de las quemaduras de radiación en su espalda), me dijo en inglés que 160 maestros y alumnos estaban dentro de la escuela en el momento del impacto, apenas iniciando sus clases, y que todos murieron instantáneamente. De la escuela original, me dijo, sólo quedaba ese espacio donde estábamos parados: la única parte de la escuela que había sido construida con cemento reforzado. Y en los días justo después del impacto, me dijo Aiko, ese mismo muro que teníamos ahora enfrente, ya ennegrecido por el humo y hollín de la bomba, se fue convirtiendo espontáneamente en un muro comunitario donde algunos sobrevivientes de la ciudad, usando trocitos de tiza blanca de la escuela, dejaban mensajes escritos para sus familiares. Por si algunos familiares también habían sobrevivido a la bomba, me dijo, y llegaban a leerlos.

Aiko guardó silencio y subió un par de gradas, y a mí se me ocurrió que vestida así, con una pequeña falda tipo escocesa y calcetines blancos y flojos y abultados alrededor de sus tobillos, hasta parecía una colegiala, acaso una colegiala de allí mismo, de esa misma escuela. Aunque de pronto la vi meter su mano debajo de la falda y rascarse el muslo desnudo y firme y recordé que una colegiala en definitiva no era. Volví la mirada hacia el muro negro. Nada más me quedé viendo todos los caracteres japoneses ante mí, todas las palabras blancas sobre ese muro negro, todo aquello escrito con tiza por los sobrevivientes de Hiroshima, aún vivo y palpable después de tantos años. Ambos seguíamos en silencio, como en honor a algo. Desde fuera nos llegaba el ruido de niños jugando. Centenares de coloridas grúas de papel, colgadas cerca de un ventanal, revoloteaban en la brisa. No quise o no pude marcharme de la escuela hasta que Aiko terminó de leerme, en japonés y en inglés, cada una de las breves historias blancas sobre ese muro de humo negro.

Ferramonti di Tarsia, decía en un pequeño rótulo amarillo. Ex Campo di Concentramento. Fondazione. Museo Internazionale Della Memoria. Y encima de todo, como emblema o logotipo de todo en el rótulo amarillo, una linda espiral de alambre de púas.

Un señor de pelo blanco fumaba de pie en el portón de ingreso. Sólo me observó mientras yo salía del viejo Fiat y caminaba con Fausto hacia él. Parecía desesperado. Casi enfadado o molesto por algo. En eso lanzó su colilla con fuerza en mi dirección, acaso directo hacia mí. Herr direktor, supuse.

Fausto nos presentó. Su apellido era Panebianco. Todos le decían así, Panebianco. Estaba vestido como de luto, con abrigo negro y camisa blanca y corbata negra. Llevaba puesto un gorro también negro, típico siciliano, llamado coppola. Yo le dije que mucho gusto y le estreché la mano, pero Panebianco, diciéndole algo a Fausto que no entendí, pareció no verla frente a él, y sólo continuó hablando. No supe qué hacer. Mi mano seguía ahí, entre nosotros, olvidada en el aire. De repente llegó caminando una chica de pelo negro muy corto, y grandes ojos negros, y botines negros, y medias negras, y abrigo negro, y se paró justo detrás del director. Su hija, quizás. También de luto, quizás. Panebianco por fin paró de hablar y bajó la mirada y me dio el apretón de manos más débil de mi vida. Dice el director que llega usted tarde, me dijo Fausto como si fuese mi culpa. Dice también que la gente está arribando, ahora mismo. Panebianco volvió a decirle algo a Fausto que no entendí, y sospeché entonces que le estaba hablando en dialecto. Yo sabía un poco sobre los tantos dialectos que aún se usan por toda Calabria, decenas de dialectos, algunos de los cuales, de hecho, apenas se comprenden entre sí.

Dice el director que podemos esperar unos minutos más, me dijo Fausto, para que usted, signor Halfon, conozca un poco el campo de concentración antes de empezar. Le dije que sí, que gracias, que eso sonaba bien, y Panebianco, sin más, dio media vuelta y se marchó por la puerta de ingreso, renqueando, casi con prisa. Pensé que estaba loco el viejo. Luego pensé que quería que lo siguiera hacia dentro, y estaba a punto de hacerlo cuando de pronto su hija extendió la mano y me ofreció una cajetilla plateada de Marlboro. Sus uñas también estaban pintadas de negro. Un fragmento de tatuaje brillaba en el dorso de su muñeca. Gracias, pero no fumo, le dije aceptando un cigarro. O no fumo mucho, le dije. O sólo fumo cuando viajo, le dije. O sólo fumo como una especie de ceremonia, le dije. Ella me pasó su mechero, y abrió sus grandes ojos góticos como con asco, y suspirando hacia mí un velo de humo azulado, susurró en perfecto español: Como quieras.

Se llamaba Marina. No era la hija de Panebianco, sino una estudiante de posgrado en historia, en la Universidad de Cosenza, que a veces ayudaba un poco a Panebianco en los eventos de la Fondazione. Me dijo, aún fumando afuera en la calle, que Ferramonti di Tarsia había sido el más grande de los quince campos de concentración construidos por Mussolini, en 1940. Me dijo, machacando nuestros cigarros en el suelo, que no había sido un campo de exterminio, o no exactamente. Me dijo, ya entrando por el portón principal, que Mussolini lo había construido allí, en el valle del río Crati, porque ésa era una región pantanosa, infestada de malaria, y que a los prisioneros judíos contagiados de malaria simplemente se les dejaba morir. Me dijo, guiándome hacia una de las barracas, que casi cuatro mil judíos habían estado prisioneros ahí, la gran mayoría de ellos no italianos, sino del resto de Europa. Me dijo, parados en el umbral de la barraca y mirando hacia dentro, que ésa era una barraca modelo, similar a las 92 originales del campo que ya no existían. Volví la mirada hacia el interior de la galera de paredes blancas, y hermosas vigas de madera, y con una hilera de camastros pulcros, sus sábanas bien dobladas. ¿Cómo así modelo?, le pregunté, y Marina, sin verme, casi sin abrir la boca, me dijo que las 92 barracas originales habían sido demolidas en los años sesenta, para poder construir la nueva autopista que atraviesa la Calabria, y que todo lo que ahora había allí —todo— era una reconstrucción.

Me quedé quieto en el umbral, como paralizado, empezando a comprender que lo que estaba viendo no era más que una réplica; que primero habían decidido destruir el campo original y luego habían decidido construir, en el mismo sitio, una copia de ese campo original; que habían construido, en fin, una especie de maqueta o de muestra o de parque temático dedicado al sufrimiento humano, y que yo mismo, ahora mismo, parado en el umbral de esa barraca falsa, formaba parte de todo ese teatro. Y no sé si por el cansancio del viaje, o por el cambio de horario, o por el efecto del tabaco, o por no haber comido en todo el día, o por la creciente sensación de culpa o complicidad con toda esa farsa, empecé a marearme.

No me siento muy bien, le dije a Marina, sonriendo un poco para no alarmarla. Necesito sentarme, quizás tomar un poco de agua, le dije con bravura, haciéndome el valiente. Pero ella se quedó mirándome, confundida. Le pregunté si tenía un dulce o tal vez un chocolate y ella sólo pareció confundirse más. Sentí frío y calor. Sentí que las rodillas se me aflojaban. Estaba a punto de mandar mi bravura al carajo y dejarme caer allí mismo, en ese suelo falso de ese campo falso, en la entrada de esa barraca de mierda, y echarme a dormir o a llorar puro niño. Pero Marina de pronto me tomó fuerte del brazo y me empujó hacia otra pequeña puerta de madera, a pocos pasos de nosotros, y ya entrando por la puerta escuché cómo ella le gritaba a alguien en italiano unas palabras que no entendí pero que me sonaron hermosas, indispensables, como las órdenes serenas y precisas de una enfermera de guerra.

❊

Todo adentro estaba oscuro, fresco, en silencio. Marina me guió en la penumbra hacia la única banca, ubicada en medio del pequeño salón. Me senté. Ella se quedó de pie, justo atrás de mí. Pronto llegó Fausto y me entregó una botella de agua helada. También se quedó de pie atrás de mí. Ninguno de los tres habló. Yo estaba agradecido, y ellos lo sabían. Bebí despacio, respiré hondo, y empezaba ya a sentirme mejor cuando de repente se iluminó todo el salón. Había tres pantallas enormes, en escuadra —una en la pared a mi izquierda, otra en la pared a mi derecha, otra delante de mí—, en las cuales comenzó la proyección simultánea de una película breve, en blanco y negro, sobre la historia del campo y los prisioneros de Ferramonti di Tarsia. La narración era en italiano. La música de fondo era de supermercado. Las imágenes eran las mismas imágenes de siempre. La banca estaba ubicada en medio del pequeño salón como para que el espectador se sintiera rodeado de luz, inmerso en el amarillismo de amargura y muerte y miseria. Cerré los ojos. Intenté no poner atención y sólo relajarme mientras le daba pequeños sorbos a la botella de agua, y respiraba profundo, y sentía la mano de alguien sobre mi hombro, fuerte sobre mi hombro, como cuidándome desde atrás. Quizás era la mano de Marina. Quizás era la de Fausto.

✣

Panebianco estaba sentado ya en una de las dos butacas rojas del escenario, sosteniendo un micrófono, hablándole al público de no sé qué cosas del museo. Y sólo continuó hablando mientras Marina me empujaba por el pasillo hacia el escenario y me decía en susurros que subiera, que me sentara en la otra butaca roja. Yo me sentía mejor, aunque no bien del todo, y ya hundido en la butaca le sonreí al público con una mezcla de piedad y patetismo.

El auditorio estaba lleno. Había gente de pie en el fondo. Me costaba entenderle a Panebianco, por su acento, o por el ritmo de su italiano, o porque hablaba con el micrófono pegado a los labios, como besándolo. Algo le estaba diciendo al público calabrés sobre la importancia de la memoria, cuando Marina volvió al escenario. Sobre una mesita de madera dejó otra botella de agua helada, para mí, y un ejemplar de mi libro traducido al italiano, para Panebianco.

Cuando me contactaron para invitarme, meses atrás, yo ni siquiera sabía de la existencia de campos de concentración en Italia. Mi evento formaría parte, me dijeron por teléfono, de la agenda de eventos de la semana, en el marco del Día de la Memoria del Holocausto celebrado en Italia cada año, el 27 de enero. Me dijeron que conmemoraba el 27 de enero de 1945, día en que se liberó Auschwitz. Me dijeron que querían que fuese a hablar de mi libro, de mi abuelo polaco, de su paso por Auschwitz. Y no me dijeron más. Y yo acepté la invitación, en resumen, porque fui demasiado cobarde para decirles que no.

Panebianco llevaba quince o veinte minutos comiéndose el micrófono. Algo estaba diciendo ahora sobre sus esfuerzos en la Fondazione para recuperar la historia, para reconstruir el campo, para recibir y educar a tantos niños y niñas de las escuelas de toda la Calabria. Parecía el discurso de un burócrata buscando votos. Sin dejar de hablar ni soltar el micrófono, de pronto metió la otra mano en la bolsa interior de su abrigo, y me entregó un sobre blanco, aún sellado. Logré sentir que en el interior del sobre había un fajo de billetes. Mis viáticos, supuse, que Panebianco me estaba entregando allí mismo, en el escenario, frente al público, como si quisiera que el público entero presenciara su gesto, como si quisiera dejar evidencia oficial de su generosidad. Un fajo de billetes sucios, me imaginé. Un fajo de billetes, me imaginé, que Panebianco mismo, parado en el portón de ingreso, había recibido de las pequeñas manos de los niños y niñas de toda la Calabria, mientras ellos iban entrando a su falso campo de concentración. Coloqué el sobre en la mesita de madera, al lado de mi libro, y tragué media botella de agua.

Panebianco finalmente se puso de pie. Dijo aún más recio que quería darle una calurosa bienvenida, pues, al invitado de honor de esa tarde. Se volvió hacia mí. Me sonrió. Al escritor y profesor, dijo en italiano. Al guatemalteco, dijo en italiano, y con exagerado entusiasmo, tras inclinarse hacia la mesita y buscar deprisa en la cubierta de mi libro, gritó: Il signor Hoffman.

Y me entregó el micrófono babeado.

Mi habitación de la Pensione Toscana estaba toda forrada con el mismo terciopelo color vino tinto. O al menos con un material de felpa que parecía terciopelo color vino tinto. El cubrecama. El sillón. Las cortinas. El papel tapiz, de suelo a techo. En todo habían usado el mismo terciopelo o falso terciopelo color vino tinto.

Yo estaba dormido sobre el terciopelo del cubrecama, boca arriba, completamente desnudo. Al llegar me había dado una ducha larga y caliente y luego me había tumbado en la cama a descansar un poco, sin meterme en las sábanas, y sin siquiera desempacar nada, y sin la intención de dormir. Pero me venció el cansancio. O tal vez me venció la tibia suavidad del terciopelo. Y de inmediato me puse a soñar con mi madre. Estaba sentada en la banca del pequeño salón, viendo la película en blanco y negro en las tres pantallas. Pero en cada una de las pantallas salíamos mi hermana, mi hermano y yo. Cada uno en su propia pantalla. Cada uno en blanco y negro y prisionero en su propio campo de concentración. Y cada uno, entonces, para salvarse, tenía que hacer en su pantalla aquello que mi madre nos dijera que hiciéramos, como si mi madre fuese la guionista y directora de nuestras tres películas. A mi hermana le decía que para salvarse tenía que bailar danza moderna, como había hecho de niña, y mi hermana se ponía a bailar en su pantalla. A mi hermano le decía que para salvarse tenía que abrir un hoyo en la tierra con las manos, un hoyo grande y profundo usando sólo las manos, y mi hermano se ponía a escarbar en la tierra en su pantalla. A mí me decía desde la banca que para salvarme tenía que quitarme la barba, que un judío jamás se deja crecer la barba mientras vive su padre, que llevar barba era una falta de respeto hacia mi padre, hacia ella, hacia el pueblo judío. Y yo, confundido y triste, pero mirando hacia la cámara como si ésta fuese un espejo, me rasuraba la barba con una antigua navaja de afeitar.

Me despertó un tronido.

Durante varios segundos no supe dónde estaba. Seguía viendo o sintiendo a mi madre sentada en la banca. Seguía viendo o sintiendo a mis hermanos en sus pantallas, bailando y escarbando en sus pantallas. Me pasé una mano por el rostro, como para verificar. Acaso por frío o pudor, me tapé con el cubrecama de terciopelo. Suspiré aliviado, aún adormecido. Volví la mirada hacia el reloj digital en la mesa a mi lado. Eran las diez y cuarto de la noche. Había dormido menos de una hora.

Tocaron la puerta de nuevo. Un momento por favor,

grité levantándome, desperezándome, luchando por sacudirme las últimas imágenes en blanco y negro del sueño. Busqué una toalla en el baño y me la envolví alrededor de la cintura. Resultó demasiado pequeña. Y así, medio desnudo y sosteniendo la toalla precariamente con una mano, abrí la puerta. Allí estaban Marina y sus cigarros.

Aunque sombrío, era el único bar del pueblo que encontramos abierto un domingo por la noche. El dueño, un viejo calvo y barrigón, se llamaba Luigi. Fumaba en su sitio detrás de la barra, un cigarro tras otro, mientras conversaba apasionadamente con el noticiero dominical en una televisión colgada del techo. Tenía puesta una playera blanca sin mangas, una vieja pantaloneta de gabardina, calcetines negros y sandalias de hule. Como si viviera ahí mismo y estuviera atendiéndonos en la sala de su casa. Nos había dejado sobre la mesa un plato con aceitunas negras deshidratadas, otro con berenjena encurtida, otro con un tipo de salami llamado soppressata, otro con un pesto rojo y picante llamado sardella (hecho de sardinas, peperoncino y puntas de hinojo salvaje, me dijo Marina), y un canasto con rodajas de pan campestre. Ambos tomábamos cerveza oscura. Éramos los únicos dos en el bar.

Marina se había quitado el abrigo negro. Sus brazos

eran largos y firmes y de piel tersa, de un suave tono oliva. Alrededor de su antebrazo tenía tatuado un elegante y fino dragón oriental; la cola del dragón le envolvía la muñeca. Me dijo que había aprendido español en Alicante, donde vivió y trabajó un verano. Me dijo que ya había terminado su posgrado, pero no sabía qué hacer, en qué quería trabajar. Me dijo que mientras tanto ayudaba en varios museos y fundaciones históricas de la Calabria, incluyendo la de Panebianco. Me dijo que aunque llevaba varios años viviendo en Cosenza, debido a sus estudios en la universidad, era en realidad de un pueblo del otro extremo de la Calabria, en la costa del estrecho de Messina, llamado Scilla. ¿Como el monstruo Scilla, de Homero?, le pregunté y Marina sonrió, quizás por primera vez ese día. Pero igual de rápido dejó de sonreír, como si su pose gótica se lo prohibiera. Tú eres de un pueblo mitológico, entonces, le dije, un poco soberbio. Marina sólo le dio el último sorbo a su cerveza. ¿Y tu familia es de ahí mismo, de Scilla? Mi familia, dijo sin verme, es de ahí desde siempre. Y luego, muy seria, añadió: Desde antes que Homero.

En la barra, Luigi le gritó algo al rostro de Berlusconi en el televisor. Ambos guardamos silencio un minuto, como asustados ante el grito de Luigi, o como asustados ante el rostro de Berlusconi en el televisor.

Mi abuelo también estuvo preso en un campo de concentración, dijo Marina de golpe.

Encendió un cigarro para mí, luego otro para ella. Fumé profundo, notando que la colilla del cigarro estaba humedecida.

No era judío, mi nonno, dijo. Era un soldado italiano, dijo, que fue capturado por los alemanes en el 43, tras la firma del armisticio entre Italia y los aliados, y pasó los siguientes dos años como prisionero de guerra en un campo de concentración en Hamburgo. Internati Militari Italiani, se les llamaba a estos prisioneros en italiano, dijo, o Italienische Militärinternierte, en alemán. Mi abuelo, dijo, se llamaba Bacicio. O así le decíamos. Il nonno Bacicio, dijo y se volvió hacia la barra para pedirle a Luigi dos cervezas más. ¿Pero tu abuelo se salvó, entonces? Marina esperó a que Luigi llegara, dejara las dos botellas sobre la mesa, y se marchara. Se salvó, sí. Pero no le gustaba hablar de esos años, dijo, al igual que tu abuelo. Fumamos un momento en el ruido blanco del noticiero y los murmullos de Luigi. Lo único que me contó, casi al final de su vida, dijo Marina, fue del día que lo liberaron del campo de concentración en Hamburgo las tropas americanas. Me contó que nunca había sentido tanto miedo como ese día, ya libre, caminando con todos los demás prisioneros de guerra. No tenía nada. Ni comida, ni agua, ni dinero. Nada. No sabía hacia dónde caminar. Me dijo mi nonno que sólo caminaba con todos hacia delante, entre miles de prisioneros de guerra, sin saber hacia dónde se dirigía, cuando de pronto escuchó que alguien gritaba su nombre desde atrás. Era otro soldado italiano, también calabrés, llamado Menzaricchi. O ese era su apodo, Menzaricchi, que quiere decir media oreja. Apenas se conocían, me dijo mi nonno Bacicio, pero los dos hombres se abrazaron y lloraron y se estrecharon las manos y empezaron a caminar juntos hacia Italia. Marina bebió un trago largo de cerveza. Me dijo mi nonno que durante todo el camino hacia Italia, no sé cuántos días o semanas o meses caminando juntos, los dos hombres jamás se soltaron la mano. Marina estiró un brazo y agarró mi mano demasiado fuerte y hasta con algo de torpeza. Todo el camino así, dijo apretando. Y así, tomados de la mano, me dijo mi nonno Bacicio, llegaron por fin a sus casas en la Calabria.

Marina me soltó como si estuviera soltando una cosa inerte. Se echó hacia atrás en su silla, agotada, y bebió otro trago de cerveza.

Ellos luego dejaron de verse muchos años, dijo. Pero al final de sus vidas, ambos ya viejos y jubilados, se sentaban todas las tardes en una misma banca frente al mar. Nada más se quedaban juntos un rato en esa banca, dijo, sentados frente al mar. A veces una hora. A veces ni eso. Sin decirse nada. No tenían ya nada que decirse, supongo. Sólo querían estar juntos un rato. Como si al final de sus vidas de nuevo se necesitaran para sobrevivir, para seguir sobreviviendo un poco más.

Marina guardó silencio. Estaba fumando mientras

miraba el televisor en el techo. Sus ojos aún más negros, aún más grandes. Sobre la mesa reposaban los colmillos de su dragón. Yo hice un esfuerzo por no bostezar. Otra vez empezaba a invadirme el sueño, y sin darme cuenta me puse a soñar con los dos soldados en el campo de concentración de Hamburgo; con los dos soldados caminando de la mano por callejuelas y aldeas y campos de trigo o cebada; con los dos soldados vapuleados, sucios, escuálidos, pero ya para siempre tomados de la mano; con los dos soldados ya para siempre en una banca frente al mar.

Murió Hoffman.

Tardé unos instantes en comprenderle a Marina, quien estaba machacando su cigarro en el cenicero de vidrio.

Hoy murió Hoffman, dijo Marina de nuevo. Volví la mirada hacia el televisor. En la pequeña pantalla había una foto del rostro del actor Philip Seymour Hoffman, medio barbudo, medio demacrado. Una aparente sobredosis, dijo Marina. Lo encontraron hace unas horas en el baño de su apartamento de Nueva York, dijo, con una aguja de heroína aún metida en el brazo.

Me puse de pie y caminé hacia el televisor. Acaso para verlo mejor. O para entender bien al narrador del noticiero italiano. O para verificar si lo que estaba diciendo era cierto. Me quedé contemplando la foto del rostro de Hoffman. Pensé primero en la única vez que lo había visto en persona, por azar, años atrás, en un café de Greenwich Village, en Nueva York. Él hacía cola delante de mí, esperando su turno, vestido como si se acabara de despertar. Y yo estaba a punto de decirle algo, cualquier cosa, quizás sólo saludarlo, quizás cuánto lo admiraba y seguía como actor, quizás cuánto apreciaba su habilidad de engrandecer con su arte una historia pequeña, de elevar a sublimes y entrañables, en escenas precisas, a hombres cualquiera, a hombres frágiles y malogrados y banales. Decirle que Wilson, leyendo la última carta de su esposa suicida. Decirle que Jack, sonrojado e infantil mientras aprende a nadar en una piscina de Harlem. Decirle que Lester, hablando del arte como culpa y añoranza y sexo disfrazado de amor y amor disfrazado de sexo. Decirle que Freddie, en Roma, tocando una sola tecla del piano. Decirle que Andy, deshecho en el carro tras la confrontación con su padre. Decirle que Phil, el enfermero, suministrando unas últimas gotas de morfina. Decirle que Scotty, robándose un beso. Decirle que cualquiera de ellos, que todos ellos. Decirle algo. Pero no le dije nada, por dicha, o por desdicha. Sólo lo observé desde atrás pedir su café (un espresso cuádruple, recuerdo), pagarle y agradecerle a la chica de la caja, y marcharse nuevamente en su bicicleta por las calles de Greenwich Village. Y aún viendo su rostro sin vida en la pantalla del televisor, pensé luego, claro, en Panebianco. Pensé estremecido que Panebianco me había llamado Hoffman por error, hacía unas horas, tal vez en el instante mismo en que Hoffman había muerto en su baño de Nueva York. Hoffman, me había llamado Panebianco, mientras moría Hoffman. Como si eso fuera más que un desliz, más que una casualidad. Como si al morir se hubiera liberado su nombre y estuviera éste suelto por el mundo, flotando por el mundo, para que cualquier persona del mundo de pronto pudiera atraparlo en el aire, y decirlo, y encarnarlo. Como si los nombres de artistas muertos fuesen mariposas. Como si así sucediera con los hombres que, en su vida y en su arte, le dieron voz a cualquier hombre, a todos los hombres. Como si todos los hombres, entonces, en ese preciso instante, nos llamásemos Hoffman.

Volví a la mesa. Me sentía eufórico y abatido a la vez. Se me había escapado el sueño. Se me había escapado el aliento. Se me había escapado cualquier noción de espacio y de tiempo y aun de mí mismo. De pronto no entendía qué hacía ahí, en Italia, en Calabria, en ese bar oscuro y vacío, en esa helada noche de invierno. No entendía nada.

Marina me preguntó si me sentía bien, si necesitaba un poco de aire fresco. Me quedé callado. ¿Qué podía decirle? ¿Cómo explicarle todo lo que estaba sintiendo? ¿Cómo poner en palabras una emoción tan llena de vida, y de muerte, y de amistad, y de odio? ¿Cómo encontrar y usar las palabras justas sin traicionarlas?

Metí la mano en la bolsa de mi abrigo y busqué el

sobre blanco con los viáticos. Lo abrí. Saqué el fajo de billetes y lo coloqué con ímpetu sobre la mesa. Era un fajo de billetes de diez euros, nada más billetes de diez euros. Le grité a Luigi en español que nos trajera dos copitas de ginebra. Due bicchieri de gin, le grité en mi mal italiano. Il suo miglior gin, le grité. Marina no decía nada, no hacía nada. Sólo me miraba con firmeza y violencia y hasta con un poco de miedo. Yo sabía —por la violencia en su mirada, por el tono oliváceo de su piel, por ese dragón que parecía estarle mordiendo el codo— que a ella también le gustaba la ginebra. Luigi nos llevó las dos copitas y yo le entregué un billete de diez euros y brindamos con Marina en silencio. La ginebra estaba espesa y fuerte y de inmediato me incendió todo el pecho. Dos más, le dije a Luigi en español, entregándole otro billete de diez euros. Marina aún me miraba, como queriendo decirme o preguntarme algo con sólo sus ojos. Luigi rápido volvió con otras dos copitas de ginebra, y de nuevo brindamos con Marina en silencio. Ambos sabíamos exactamente por qué estábamos brindando. O quizás no. Poco a poco empecé a sentirme ligero.

Luigi tomó un cigarro del paquete de Marlboro que estaba sobre la mesa, y se quedó de pie frente a nosotros. El rostro de Hoffman seguía muerto y demacrado en la pantalla del televisor. Las manos de los soldados italianos seguían bien aferradas en el pasado, mientras cruzaban un campo dorado de trigo o cebada y llegaban juntos a la orilla del mar. Panebianco seguía hablando tras el podio de su parque temático. Mi madre, desde su banca, seguía intentando salvarme.

Alcé la mirada. Le dije a Luigi, siempre en español, que continuara trayéndonos ginebras y llevándose billetes de diez euros. Pero Luigi pareció no entender. Por favor traduce, le dije a Marina, y Marina, por segunda vez ese día, me sonrió. Dile a Luigi que quiero que siga trayéndonos ginebras y llevándose billetes, enuncié con vigor, como si estuviera diciéndole algo imperial. Dile a Luigi, le dije a Marina, que quiero que siga trayéndonos ginebras y llevándose billetes hasta que no queden más billetes sucios sobre la mesa, o hasta que no queden más billetes sucios en ninguna parte, o hasta que tú y yo caigamos borrachos y desnudos en el suelo del bar, o hasta que el amor a todos nos mate.

Bambú

Estaba bebiendo café de olla de una vieja y oxidada taza de peltre azul. Doña Tomasa había puesto a mi lado una jarrilla del mismo peltre azul, sobre el suelo arenoso del rancho. No había mesas ni sillas. Las hojas de palma del techo estaban ya negras y agujereadas. La poca brisa hedía a pescado rancio. Pero el café de olla estaba fuerte y dulce y ayudó a despabilarme un poco, a desentumecer mis piernas tras las dos horas conduciendo hasta el puerto de Iztapa, en la costa del Pacífico. Sentí mi espalda húmeda, mi frente pegajosa y sudada. Con el calor también parecía aumentar la fetidez en el aire. Un perro macilento estaba olfateando el suelo, en busca de sobras o migas que hubiesen caído a la arena. Dos niños descalzos y sin camisas intentaban cazar un gueco que desde arriba cantaba bien escondido entre las hojas de palma. No eran aún las ocho de la mañana.

Aquí tiene, dijo doña Tomasa, y me entregó una tortilla con chicharrón y chiltepe, envuelta en un pedazo de papel periódico. Se apoyó contra una de las columnas del rancho, restregando sus manos regordetas en el delantal, enterrando y desenterrando sus pies en la tibia arena volcánica. Tenía el cabello blanco, la tez curtida, la mirada un poco estrábica. Me preguntó de dónde era. Terminé de masticar un bocado y, con la lengua aturdida por el chiltepe, le dije que guatemalteco, igual que ella. Sonrió con gracia, quizás sospechosa, quizás pensando lo mismo que yo, y volvió su mirada hacia un cielo sin nubes. No sé por qué siempre me resulta difícil convencer a las personas, incluso convencerme a mí mismo, de que soy guatemalteco. Supongo que esperan ver a alguien más moreno y chaparro, más parecido a ellos, escuchar a alguien con un español más tropical. Yo tampoco pierdo cualquier oportunidad para distanciarme del país, tanto literal como literariamente. Crecí fuera. Paso largas temporadas fuera. Lo escribo y describo desde fuera. Soplo humo sobre mis orígenes guatemaltecos hasta volverlos más opacos y turbios. No siento nostalgia, ni lealtad, ni patriotismo, pese a que, según le gustaba decir a mi abuelo polaco, la primera canción que aprendí a cantar, cuando tenía dos años, fue el himno nacional.

Me terminé la tortilla y el café de olla. Doña Tomasa, tras cobrarme el desayuno, me dio direcciones hacia un terreno donde podía dejar estacionado el carro. Hay un letrero, dijo. Pregunte usted por don Tulio, dijo, y luego se marchó sin despedirse, arrastrando sus pies descalzos como si le pesaran, murmurando algo amargo, acaso una tonadita.

Encendí un cigarrillo y decidí caminar un poco sobre la carretera de Iztapa antes de volver al carro, un viejo Saab color zafiro. Pasé una venta de marañones y mangos, una gasolinera abandonada, un grupo de hombres bronceados que dejaron de hablar y sólo me observaron de soslayo, como con resentimiento o modestia. La tierra no era tierra sino papeles y envoltorios y hojas secas y bolsas de plástico y algunos restos de almendras verdes, machacadas y podridas. En la distancia un cerdo no paraba de chillar. Seguí caminando despacio, despreocupado, mirando a una mulata del otro lado de la carretera, demasiado gorda para su bikini de rayas blancas y negras, demasiado mofletuda para sus tacones. De pronto sentí el pie mojado. Por estar mirando a la mulata, había metido el pie en un charco rojizo. Me detuve. Volví la mirada hacia la izquierda, hacia el interior de un local oscuro y angosto, y descubrí que el piso estaba lleno de tiburones. Tiburones pequeños. Tiburones medianos. Tiburones azules. Tiburones grises. Tiburones pardos. Hasta un par de tiburones martillo. Todos como flotando en un fango de salmuera y vísceras y sangre y más tiburones. El olor era casi insoportable. Una niña estaba arrodillada. Su rostro resplandecía de agua o sudor. Tenía las manos dentro de un tajo largo en la panza blanca de un tiburón y sacaba órganos y entrañas.

En el fondo del local otra niña regaba el piso con el débil chorro de una manguera. Era la cooperativa de pescadores, según decía un rótulo mal pintado en la pared del local. Cada mañana, supuse, todos los pescadores de Iztapa llevaban allí su pesca y esas dos niñas la limpiaban y troceaban y vendían. Noté que la mayoría de tiburones ya no tenía aletas. Recordé haber leído en algún lado sobre el mercado negro internacional. Aleteo, le llaman. Habría que tener cuidado más tarde, pensé, en el mar. Como que era día de tiburones.

Lancé la colilla hacia ningún lado y volví al carro, con prisa, casi huyendo de algo. Mientras conducía, me di cuenta de que ya había empezado a olvidar la imagen de los tiburones. Se me ocurrió que, con el paso del tiempo, una imagen, cualquier imagen, inevitablemente va perdiendo su claridad y su fuerza, aun su coherencia. Sentí un impulso de detener el carro a medio pueblo y buscar libreta y lapicero y escribirla, de dejarla plasmada, de compartirla a través de palabras. Pero las palabras no son tiburones. O tal vez sí. Dijo Cicerón que si un hombre pudiera subir al cielo y contemplar desde ahí todo el universo, la admiración que le causaría tanta belleza quedaría mermada si él no tuviera a alguien con quien compartirla, alguien a quien contársela.

Tras un par de kilómetros sobre una calle de tierra, por fin encontré el letrero que me había indicado doña Tomasa. Era el terreno de una familia indígena. La casa estaba hecha de retazos de chapa, ladrillos, bloques de cemento, tejas rotas, formaletas con los hierros oxidados aún expuestos. Había una siembra de milpa y frijoles, unas cuantas palmeras adustas, tristes. Gallinas corrían sueltas. Una cabra blanca masticaba la corteza de un guayabo, atada a ese mismo guayabo con un alambre de hierro. Bajo un rancho, echadas en el suelo, tres mujeres jóvenes limpiaban mazorcas mientras escuchaban a un evangélico predicar en una radio de mano.

Se me acercó un viejo tostado y taciturno y aún fornido pese a sus años. ¿Don Tulio? Para servirle, dijo sin verme. Le expliqué que me había mandado doña Tomasa, la señora del rancho. Ya, dijo rascándose el cuello. Un niño de cinco o seis años llegó a parapetarse detrás de una pierna del viejo. ¿Es su hijo?, le pregunté y don Tulio me susurró que sí, que el más pequeño. Al estrecharle la mano, el niño bajó la mirada y se sonrojó ante ese gesto de adultos. Abrí el maletero y me puse a sacar mis cosas y en eso, como surgidos desde un abismo, como sofocados por algo, acaso por la aridez o la humedad o por el sol ya inclemente, escuché unos gritos guturales. Me quedé quieto. Escuché más gritos. Lejos, atrás de la casa, logré ver a una señora mayor, que supuse la madre o la esposa de don Tulio, ayudando a caminar a un muchacho gordo y medio desnudo que se tambaleaba y se caía al suelo puro borracho, que seguía gritando los gritos guturales de un borracho, y que se estaba dirigiendo directo hacia nosotros. Se esforzaba por caminar hacia nosotros. Algo quería con nosotros. La señora, valiéndose de toda su fuerza, estaba determinada a impedirle el paso. Aparté la vista, por respeto, o por pena, o por cobardía. Nadie más parecía muy preocupado.

Don Tulio me dijo que veinte quetzales, el día entero. Saqué un billete de mi cartera y le pagué, aún escuchando los gemidos del muchacho. Don Tulio me preguntó si sabía cómo llegar andando a la playa, o si quería que me acompañara su hijo. Iba a decirle que gracias, que no sabía llegar, cuando de pronto el muchacho gritó algo para mí incomprensible pero que sonó rudo, doloroso, y don Tulio de inmediato salió corriendo. El muchacho, ahora desparramado en la tierra, convulsionaba al igual que un epiléptico. Finalmente el viejo y la señora lograron arrastrarlo y jalarlo hacia la parte trasera de la casa, fuera de vista.

Aunque más suaves y distantes, todavía se escuchaban los aullidos. Le pregunté al niño qué estaba pasando, quién era el muchacho, si estaba enfermo o borracho o algo aún peor. Hincado, jugando con una lombriz, él me ignoró. Dejé mis cosas en el suelo y, despacio, con cautela, me dirigí hacia la parte trasera de la casa.

El muchacho estaba dentro de una jaula de bambú,

tumbado entre un charco de fango y agua o tal vez orina. Logré escuchar el zumbido de todas las moscas que volaban a su alrededor. Éste me salió malito, susurró don Tulio al verme a su lado, pero no entendí si era un juicio ético o físico, si se refería a una conducta perversa o a una tendencia alcohólica, si a un padecimiento nervioso o a un retraso mental. No quise preguntar. Observé al muchacho en silencio, a través de las gruesas varas de bambú. Tenía los pantalones mojados y semiabiertos. Tenía el mentón ensalivado de blanco, el pecho saturado de pequeñas fístulas y llagas, los pies descalzos llenos de lodo y mugre, la mirada enrojecida, llorosa, casi cerrada. Pensé que la única opción que le quedaba a una familia pobre e indígena era apartarlo del mundo, sacarlo del mundo, construyéndole una jaula de bambú. Pensé que mientras yo podía tomarme un día libre y conducir dos horas de la capital a una playa del Pacífico para nada más darme un baño, este muchacho era prisionero de algo, acaso de la maldad, acaso de la bebida, acaso de la demencia, acaso de la pobreza, acaso de algo mucho más grande y profundo. Me limpié el sudor de la frente y los párpados. Posiblemente debido a la luz tan diáfana del litoral, la jaula de pronto me pareció sublime. Su artesanía. Su forma y estoicismo. Me acerqué un poco y agarré con fuerza dos varas de bambú. Quería sentir el bambú en mis manos, la tibieza del bambú en mis manos, la realidad del bambú en mis manos, y así no sentir tanto mi indolencia, ni la indolencia de un país entero. El muchacho se agitó un poco en el charco, alborotando el enjambre de moscas. Ahora sus gemidos eran dóciles, resignados, como los gemidos de un animal herido de muerte. Solté las dos varas de bambú, di media vuelta, y me fui al mar.

Han vuelto las aves

Llegué a la casa de los Martínez ya entrada la tarde, justo a la hora en que el cielo se esconde, y los perros callejeros les ladran a sus esquinas, y en la residencia de al lado, con la ayuda de un averiado micrófono y un altoparlante, empieza a gritar y cantar con histeria un predicador evangélico.

Abrió la puerta una señora mayor, chaparra, morena, de rostro amable, y con un delantal azul que probablemente vestía el día entero. Usted es el señor Halfon, me dijo. Por favor pase adelante. Soy Ernestina, la mamá de Iliana, estrechándome la mano. No tardan en llegar Iliana y su papá, dijo, nomás fueron a ver sus cafetales, aquí cerquita.

Doña Ernestina cerró la puerta tras de mí y nos quedamos de pie en un estrecho y oscuro pasillo. De un lado había un sofá de cuerina. Del otro, justo enfrente del sofá, la pared estaba llena de pequeñas fotos familiares, ya desteñidas y opacas; había además cuatro grandes diplomas de bachillerato, colgados en fila, con orgullo, en sus marcos de madera y oropel. Doña Ernestina me fue mostrando cada foto, señalándola con el índice mientras me explicaba por encima del griterío y los cantos evangélicos quiénes de sus seis hijos salían allí, y a qué edades, y dónde estaban, y qué hacían, y la piñata de quién era. Es que a mi marido Juan le gustaba mucho hacer fotos, me dijo con nostalgia. Antes, dijo, su voz de pronto un poco rasposa, y no dijo más. Pero esa última palabra pareció quedarse allí colgada y enmarcada entre todas las demás fotos y diplomas, como un pórtico de entrada a algo, quizás a otra época, quizás a otro recuerdo, quizás a otro pasillo aún más estrecho y oscuro y sin ninguna salida.

La residencia de los Martínez, humilde y pulcra, quedaba en una cuesta bastante empinada de La Libertad, pueblo del altiplano guatemalteco, de difícil acceso y clima templado, en el departamento de Huehuetenango, a pocos kilómetros de la frontera mexicana. Una zona del país notoriamente peligrosa y violenta: desde hace unos años, a causa del narcotráfico; durante las décadas del conflicto armado, por los abusos y las masacres militares; a comienzos del siglo pasado, debido a las guerras revolucionarias en contra del presidente y déspota Manuel Estrada Cabrera (a quien, años después, Miguel Ángel Asturias usaría en su novela como modelo de dictador). En 1915, el mismo pueblo de La Libertad, entonces llamado Florida, fue el escenario de la última batalla revolucionaria en contra del ejército de Estrada Cabrera. Los revolucionarios no ganaron esa última batalla, pero sí lograron establecer paz y libertad en la región, y en 1922, en honor a ellos, y ya con Estrada Cabrera fuera del poder —antes de morir, había sido declarado demente por el Congreso y obligado a renunciar—, el nombre del pueblo fue cambiado oficialmente a La Libertad.

Arreciaron de pronto los rezos del predicador evangélico. Estaba abierta la puerta principal. Entró Iliana, sonriendo, secándose las manos recién lavadas en los costados de su pantalón de lona. Se excusó por el retraso y yo le dije que no se preocupara, que su madre me mantuvo bien entretenido. ¿Verdad que sí, doña Ernestina?, y doña Ernestina se ruborizó un poco. ¿Encontró usted la Pensión Peñablanca?, me preguntó Iliana y yo le dije que sí, que muchas gracias, que ya había dejado allí el carro (un Saab color zafiro, clásico y confiable, de un amigo) y mis demás cosas. Es la única pensión del pueblo, dijo, pero no está mal. Y además, dijo, allí cerca queda la cooperativa, justo a un costado de la plaza central, y también el comedor de doña Tuti. Puede usted desayunar en ese comedor, sin pena. Es de confianza. Nada más pregúntele a alguien dónde queda el local de doña Tuti, dijo. Porque no hay rótulo.

Una chica menuda y sonriente, Iliana, de tez aún más morena que la de su madre. Tendría treinta o treintaicinco años. Me la había imaginado mucho mayor. Quizás por la seriedad de sus correos. O por la gran responsabilidad y mérito de su trabajo como gerente de la cooperativa local de caficultores: la primera cooperativa de la región, formada en 1965 por un grupo de hombres con pequeñas parcelas de café, incluyendo su padre, Juan Martínez. Le pregunté a Iliana por su padre y ella estaba a punto de decirme algo cuando doña Ernestina alzó el brazo, como pidiendo la palabra, y susurró: Ése es Osmundo. Su índice estaba señalando la foto de una pareja joven, en un jardín, él sentado en una silla de plástico, y ella en su regazo. Hubo un silencio, tanto entre nosotros como en el griterío del evangélico de la vecindad. Como si el evangélico de la vecindad también hubiese escuchado el susurro de doña Ernestina y estuviese esperando a que ella continuara hablando. Pero fue Iliana la que rompió el silencio. Son Osmundo y su prometida, dijo. Osmundo era mi hermano, dijo. Lo mataron, dijo. El evangélico empezó a cantar algo sobre Dios y su misericordia y doña Ernestina dijo que la cena estaba casi lista.

Se llamaba Hitler. Seguía desparramado en las baldosas del piso de la cocina, frente a la leña que chispaba y crujía y calentaba el comal. Me agaché. Le acaricié la barbilla y lo sentí ronronear y entonces descubrí un corto y negro bigote como dibujado encima de su hocico blanco.

Eran cinco hermanas. Una estaba haciendo tortillas y me saludó desde el comal, sonriendo con timidez mientras aplaudía una bolita de masa. Otras dos cortaban limones y aguacates. Otra entraba y salía deprisa, persiguiendo a su hija de tres o cuatro años; vivía con su esposo en la casa de enfrente, me explicó, del otro lado de la calle. Iliana me dijo que por favor me sentara, mostrándome una pequeña banca de madera pintada de rojo, colocada junto a la pared. Le agradecí, observando la serena coreografía de todas las mujeres, y pensando en mi hermana, y pensando en mi hermano, y pensando en nuestra propia coreografía, y pensando que ese aroma —café, humo, ocote, cal, carbón, maíz molido— era lo más próximo al aroma de familia.

Juan Martínez entró despacio a la cocina. Llevaba puesta una camisa color naranja, pero naranja neón, naranja ardiente, aún más ardiente contra su piel tostada. Iliana nos presentó y él me estrechó la mano en silencio. Sus manos eran las manos duras de un campesino. Su cuerpo delgado daba una falsa impresión de fragilidad. Tenía la mirada opaca y taciturna y tardé en comprender que era la misma mirada de Iliana. Me invitó a sentarnos juntos en la pequeña banca de madera.

Disculpe usted, me susurró don Juan y se acercó a mí un poco más, como si estuviera a punto de decirme un secreto. Apenas cabíamos los dos en la banca. Frente a nosotros, las mujeres terminaban de cocinar la cena. Ninguna de ellas parecía notar los gritos del evangélico de la vecindad. Estábamos viendo mis cafetales, me dijo don Juan, allá en mi finca. Luego añadió: Finca San Andrés, se llama. Y me sonrió una enorme sonrisa blanca. No le haga usted caso, Eduardo, anunció Iliana desde la estufa, así le puso a sus parcelitas de café. Se volvió hacia nosotros. Es que a mi papá, dijo, le gusta mucho eso de poner nombres. Don Juan cruzó los brazos y se quedó viendo a sus cinco hijas. Iliana Lucía, me susurró de pronto. Iliana porque vimos ese nombre en un periódico, y Lucía porque así se llamaba una monja que en los años ochenta venía de la capital a darles clases a los jóvenes del pueblo. Se detuvo un momento. Judit Orquídea, dijo señalando con la mirada. Judit porque a mi esposa siempre le llamó la atención ese personaje de la Biblia, por su valentía, por su entrega, y Orquídea porque alguien nos dijo que ése era el nombre de una flor, y pues qué bonito nombre para una niña, ¿no? Pasó otra de sus hijas, deprisa, de nuevo correteando tras la niña de tres o cuatro años, y don Juan le tomó la mano a su hija y la mantuvo entre las suyas mientras hablaba. Regina Guadalupe, dijo. Regina porque así se llamaba una monja norteamericana que nos impartía un curso de catequesis, y Guadalupe, señor Halfon, porque mi familia es muy devota de la Virgen de Guadalupe. Le besó la mano a su hija, la soltó, y miró hacia el comal. Patricia Amarilis, dijo. Patricia nomás porque el nombre siempre le gustó a mi esposa, y Amarilis porque en esos años venía una señora al pueblo a trabajar como profesora, quien nunca pudo tener hijos propios, y entonces le pidió favor a mi esposa que nombrara a una hija así, Amarilis, y así lo hicimos, en honor a ella. Hitler se había despabilado y rondaba ahora por nuestros pies. Lo subí a mi regazo y el gato se acomodó entre mis muslos y casi de inmediato se adormeció. Teresina Mancruz, dijo don Juan. Teresina era el nombre de una monja que venía de Huehuetenango a alfabetizar a los niños de las aldeas, y Mancruz, señor Halfon, porque en esos años escuchábamos mucho la radio, pues aún no había luz eléctrica en el pueblo y las radios usaban baterías, y así, Mancruz, se llamaba la protagonista de una radionovela mexicana. Don Juan sonrió y yo me di cuenta de que aún no había dicho nada de los nombres de su único hijo varón, el de la foto en el jardín, su hijo muerto. Pero no me atreví a preguntarle. Entonces sólo le pregunté por qué había nombrado a su finca San Andrés, y don Juan hizo un chasquido con los labios, como para agradecerme la complicidad, y luego me susurró que por un padre que había conocido de joven, allí en el pueblo. El padre Andrés, dijo. Un buen hombre, dijo. Creí notar que su mirada de repente se tornó vidriosa, pero la cocina estaba algo oscura y ahumada y no podría asegurarlo. Guardamos silencio un momento, y yo sentí un breve impulso de abrazar a don Juan Martínez. Por consolarlo. O por su tono nostálgico y su sentido del humor tan fino. O quizás por algo mucho más mío.

※

Sobre la mesa del comedor había un pollo horneado con piña y hierbas, papas enteras con mantequilla, medias lunas de aguacate, tortillas calientes envueltas en un trapo de cocina, y una jarrilla de café. En los pueblos guatemaltecos, con la cena, se acostumbra beber café aguado.

Las hermanas de Iliana ayudaron a poner la mesa, luego se marcharon. Doña Ernestina se sentó a la cabecera, dijo que todas ellas habían cenado temprano, y sólo se sirvió una taza de café. Hitler, merodeando y suplicando bajo la mesa, estaba enloquecido con los olores de la comida. El evangélico de la vecindad seguía su prédica, aunque un poco amortiguada por las gruesas paredes de adobe del comedor y una ligera llovizna que caía sobre las láminas del techo. Mientras doña Ernestina me servía un poco de todo, le pregunté a don Juan por los orígenes de la cooperativa —razón por la cual yo estaba ahí—, y él me dijo que había sido un esfuerzo de los padres Maryknoll, una congregación apostólica y católica de misioneros norteamericanos muy involucrados en ayudar a comunidades del país, en las décadas de los sesenta y setenta. Me dijo que por eso su nombre, Cooperativa Esquipulas, por el famoso Cristo Negro de Esquipulas, el santo patrón del pueblo. Me dijo, viendo hacia su esposa, que ellos dos habían trabajado mucho con los padres Maryknoll. Yo fui su chofer, dijo, y Ernestina su cocinera. Hace muchos años de eso, dijo mientras untaba aguacate en una tortilla. Antes de tener que salir huyendo todos ellos del país, dijo, en los años difíciles: eufemismo de don Juan para referirse a las décadas del enfrentamiento entre la guerrilla y el ejército. Eso, claro, dijo Iliana, los sacerdotes que lograron huir a tiempo, y no fueron asesinados o desaparecidos por los militares. Guardamos silencio unos segundos, como cautelosos ante un tema tan grande, o como en memoria de los tantos sacerdotes asesinados o desaparecidos por los militares. La idea de los Maryknoll al formar la cooperativa, dijo don Juan, era que si nos juntábamos los pequeños cafetaleros de la región, si nos uníamos los pobres, entonces tendríamos más fuerza para poder competir contra los dos o tres grandes, contra los ricos. Don Juan bebió un sorbo de café y yo pensé brevemente en la palabra solidaridad, una palabra que para mí, hasta ese momento, no había sido más que una palabra vieja, gastada, en desuso, una palabra de otra generación. ¿Y fue así?, le pregunté, ¿funcionó la idea de los padres Maryknoll? Don Juan tomó otro sorbo de café ralo, bajó su taza, acarició con suavidad el antebrazo de Iliana que estaba sentada a su izquierda, y dijo: Ahora, tras casi cincuenta años de soportar líos y persecuciones y chantajes, puedo decirle que sí, señor Halfon, funcionó.

Comí en silencio, intentando captar —entre el desorden narrativo y el ruido evangélico de la vecindad— aquel bombardeo de líos y persecuciones y chantajes. Don Juan, echándole sal a una papa: La cooperativa casi desaparece durante los años difíciles. Doña Ernestina, arrebatándole el salero a su marido: Era muy peligroso hacer reuniones en esa época. Don Juan, con tono triste, y un salero invisible todavía en la mano: En los años difíciles decir cooperativa era casi como decir una mala palabra. Iliana, chupando el hueso de una pata de pollo: También hubo varios gerentes, por muchos años, que le robaron dinero a la cooperativa. Doña Ernestina, llenando mi taza de café sin preguntarme: El último, un señor de aquí mismo, se robó más de un millón de pesos. Don Juan: Costó mucho trabajo sacarlo, pero finalmente lo sacamos. Doña Ernestina: Es que en este país es más difícil ser honesto. Iliana, con las patitas delanteras de Hitler en sus rodillas: Luego llegó la crisis del café, en 2001 y 2002. Don Juan, sacudiendo la cabeza: En esos años, la Bolsa de Nueva York nos dijo que teníamos que vender un quintal de café a cincuenta dólares. Iliana, sucumbiendo y dándole el hueso a Hitler: Hoy sabemos el costo exacto de un quintal de nuestro café. Don Juan, agarrando un gajo de limón: Es que vinieron unos ingleses. Iliana: O sea, hoy sabemos que producir un quintal de café le cuesta a un cafetalero ciento veinticinco dólares. Don Juan, esparciendo limón sobre una media luna de aguacate: Es que vinieron unos ingleses a hacer un estudio económico, y eso nos dijeron, que ciento veinticinco dólares por quintal de café, puro costo. Doña Ernestina: Figúrese usted, durante esos dos años los cafetaleros trabajaban sólo para perder plata. Don Juan, con dedos de aguacate: Pero los de la Bolsa de Nueva York, que en sus vidas habían visto una mata de café, seguían haciendo plata. Iliana, sonriendo: Eso mismo. Don Juan, también sonriendo: Lo de siempre, ¿no? Doña Ernestina, poniéndose de pie: Y entonces llegó el italiano. Don Juan, con un suspiro, casi en coro: Llegó el italiano. Doña Ernestina, ya lejos del comedor, quizás ya lejos de todo: Mejor cuéntele usted, Juan, la historia del italiano. Hitler, como asustado y escondiéndose debajo de la mesa, maulló.

Vino al pueblo un italiano, señor Halfon —así le decían los Martínez, el italiano, pero nunca supe si no querían revelarme su nombre, o si no les gustaba pronunciarlo en voz alta, o si habían decidido borrarlo de sus memorias, blanquearlo de sus memorias como si fuera una palabra grosera pintada con aerosol en un muro público—, hombre guapo y encantador. Aquí descubrió que nuestro café es de muy buena calidad, lo que llaman grano estrictamente duro, es decir, de sabor persistente y muy aromático. Y pues el italiano nos ofreció a los socios de la cooperativa promover nuestro café en Italia. Nosotros le entregamos una pequeña muestra y él se la llevó a Italia y tras unos estudios y análisis confirmó que, en efecto, por el tipo de suelo y la altura y el clima de esta región, el de aquí es un café de calidad. El italiano consiguió entonces que en Italia se calificara nuestro café como baluarte. Un gran logro, señor Halfon. Un sello de oro para nuestra cooperativa. El italiano firmó un contrato con nosotros y empezó a vender nuestro café por toda Italia como un café fino, especial, muy caro. Lo llevaba a ferias y festivales. Lo vendía en tiendas gourmet. Las bolsas de café, recuerdo, en un empaque muy bonito, decían que parte de las ganancias eran para los indígenas del altiplano guatemalteco. Su relación contractual con nosotros duró cuatro años. En esos cuatro años, el italiano le pagó a la cooperativa el precio que él quería, muy por debajo del precio cotizado internacionalmente. Los socios de la cooperativa teníamos que rogarle para que nos pagara lo ofrecido, lo debido, cosa que el italiano hacía mal, y tarde. Y jamás vimos ese porcentaje de ganancias que prometía en aquellas bolsas tan bonitas. Entonces regresó Iliana, que había estado estudiando y trabajando en Huehuetenango —cuando mataron a Osmundo, gritó doña Ernestina aún desde lejos, y don Juan, se detuvo brevemente, bajó la mirada, soltó un suspiro largo y recio—, y la nombramos gerente de la cooperativa. Al nomás empezar, Iliana descubrió que la cooperativa tenía un dólar y pico en la cuenta bancaria. No le exagero, señor Halfon. Es decir, estábamos quebrados. Con un exgerente que robó. Con deudas por todos lados. Con un italiano que estaba haciendo millones a costa de nuestro sudor y trabajo. Pero poco a poco Iliana empezó a poner orden, y logró varias cosas. Mi hija logró deshacer la sociedad legal con el italiano, aunque le costó mucho trabajo. Ella consiguió financiamiento de corto plazo para cada uno de los socios. Ella trajo a expertos de la capital para enseñarnos cómo producir un mejor café, y la importancia de podar y deshijar una mata, y cuáles son las mejores variedades, y cuáles son los mejores árboles de sombra, y por qué es vital hacer un estudio de suelos, y cómo catar el grano en pergamino, y cómo degustar una taza de café. Además, Iliana consiguió fondos para que cada socio, en su parcela misma, pudiera hacer su propio beneficio húmedo, su propio patio de secado. Ella también consiguió fondos para construir nuestras oficinas y nuestro centro de acopio. Ella cuadró una alianza para impartirles a los socios talleres de exportación y comercio internacional. Pero lo más importante, señor Halfon, es que ella logró empezar a vender en el extranjero nuestro café, nuestro café baluarte, poniendo nosotros el precio. Fíjese usted. Ahora nosotros ponemos nuestro precio. Este año, por ejemplo, cuando el precio internacional de un quintal de café fue ciento ochenta dólares, Iliana logró vender los quintales de la cooperativa a doscientos ochenta dólares. Ahora, finalmente, vendemos nuestro café al precio que realmente vale. No al precio que nos imponen los de Nueva York.

Doña Ernestina volvió al comedor cargando una enorme tinaja de barro con mangos enteros en almíbar caliente, y la colocó sobre la mesa. Fueron cuatro años de cosechas perdidas, dijo Iliana sirviéndome de la tinaja con un cucharón de metal, cuatro años de trabajar y sufrir sólo para que el italiano hiciera mucho dinero. El almíbar estaba exquisito. Tenía clavo y canela y un poco de pimienta gorda. Pero eso sí, dijo don Juan mientras chupaba con deleite una pepita de mango, gracias a ese italiano, señor Halfon, conseguimos algo muy valioso. Por supuesto, le dije, a través de él lograron el sello internacional de baluarte, que convirtió al café de su cooperativa en uno de los cafés más cotizados del mundo. Don Juan se limpió los labios con una servilleta de papel. Sí, eso, pero conseguimos algo todavía más valioso. El predicador evangélico, al ritmo de música de órgano o acordeón, de pronto cantó: Que Dios los siga usando para su gloria. Don Juan estaba sonriendo, quizás debido al canto eufórico del evangélico, o por lo que estaba a punto de decirme, o porque era un hombre cuya sonrisa es orgánica y no significa nada. El italiano nos dio confianza en nuestro producto, dijo. El italiano nos hizo creer en nosotros mismos, dijo. Y si el precio de conseguir eso fue cuatro cosechas, pues entonces, señor Halfon, nos salió barato.

La cuadra frente a la Pensión Peñablanca fue arduamente defendida toda la noche por un recio y territorial perro callejero. Ladraba un rato, luego dejaba de ladrar un rato, justo lo suficiente para que yo me adormeciera, luego empezaba a ladrar de nuevo. Ya cerca de la madrugada, me di por vencido. Lancé a un lado el pesado edredón de lana y busqué en la mochila la cajetilla con mis últimos cigarros. Fumando boca arriba en la cama, vi cómo los objetos de la habitación empezaban a iluminarse, a cobrar vida propia. No podía dejar de pensar en don Juan Martínez, en los caficultores, en el trabajo de Iliana con la cooperativa, en las fotos y los diplomas colgados en la pared, en el baile silencioso de las hermanas, en el hermano muerto. Y una vez más me puse a pensar en mi propio hermano, y mi propia hermana, y nuestro propio baile de hermanos: baile accidentado, torpe, a veces hasta furioso. Acaso por el frío o por la falta de sueño, sólo podía pensar en todas nuestras riñas y peleas. Las primeras, siempre histéricas, de niños mimados. Las que luego, de adolescentes, llegarían a golpes con mi hermano (en la última de las cuales él paró en el hospital, con el pie roto, al intentar patearme el vientre y yo detener su patada con el codo). Las de adultos, cuando el arma principal ya no era el puño, sino el silencio. Y la más reciente, la más dura, antes de la boda ortodoxa de mi hermana, en Israel.

Me bañé y me vestí despacio. Al salir, descubrí que el mismo perro callejero —grande, negro, sucio— estaba bien dormido contra la pared de una casa. Se me ocurrió despertarlo, tirarle una piedra o un zapato. Pero sólo caminé cuesta arriba por la calle adoquinada, apenas esquivando varios bodoques aún tibios de mierda.

El pueblo no amanecía. Casi no había gente, ni motoristas, ni autobuses. Negocios y comercios estaban cerrados. Las construcciones parecían todas improvisadas. Fachadas de block mal pintadas de colores primarios. Techos de lámina roja o grisácea. Varillas de hierro oxidado brotando de postes y columnas, para futuros segundos niveles. Calles demasiado estrechas y repletas de fruta podrida, papeles, envoltorios, bolsas plásticas, cajas, cartones, desechos de las vendedoras ambulantes del día anterior.

Llegué a la plaza central, o lo que algún día había sido la plaza central y ahora era una cancha pavimentada de fútbol y baloncesto, con las debidas líneas blancas pintadas en el suelo, con porterías y cestas en ambos extremos: una patrocinada por NaranJugo, la otra por Frutada. Quería comprar más tabaco pero todo estaba cerrado. Me senté en una banca y me quedé viendo el verdor de los cerros y riscos alrededor de La Libertad, un verdor profundo, vivo, que sólo se ve durante la época lluviosa. A mi izquierda había una fila de tiendas y abarroterías; a mi derecha, el cuartel de la policía civil, pintado de grises y azules, con dos agentes parados afuera, fumando, mirándome y juzgándome sin recato. Del otro lado de la plaza, justo enfrente de mí, estaba la iglesia del pueblo: pequeña, con el tejado a dos aguas, y cuya fachada y campanario habían pintado de un color entre celeste y aqua flamante. Una señora, sentada en las gradas que subían a las puertas de la iglesia, preparaba su canasto para vender desayunos de atol y tostadas. Más allá de todo, en el fondo de todo, una espesa manta de neblina cubría medio cerro.

Lustre. Un niño de diez o doce años se me había acercado en silencio, desde atrás. Lustre, repitió, más como un mandato que como una pregunta, y yo le dije que no, que gracias. Tenía ligeras manchas de betún en el rostro moreno, y llevaba puestos unos enormes y viejos zapatos de adulto, de charol, sin calcetines. Necesitaba las dos manos para soportar el peso de su cajón de madera negra, lleno de botes y tintes y ceras y cepillos y trapos sucios y quién sabe qué más. Lustre, don, sin verme, casi sin ganas. Los dos policías aún me juzgaban desde lejos. La señora del canasto tenía una paleta metida en la olla y meneaba el atol. De pronto el niño se sentó en la banca, un poco alejado de mí, y colocó su cajón de madera en el suelo. Le pregunté su nombre. Macario López y López, dijo con firmeza. ¿Y te dicen Macario? A veces, balbuceó. O a veces Maca. Le pregunté si sabía dónde quedaba el comedor de doña Tuti. ¿Y de dónde es usted, pues?, me preguntó el niño y yo le dije con mi mejor acento guatemalteco que era guatemalteco, igual que él. Sonrió sin verme, incrédulo. No parece, susurró. ¿Y de dónde parezco? Alzó los hombros. Saber, dijo, pero no de aquí. Le pregunté si conocía la oficina de la Cooperativa Esquipulas. La cooperativa de café, le dije. La de Iliana Martínez, le dije. ¿Conocés vos a Iliana Martínez, a don Juan Martínez? Pero el niño no dijo nada. Estaba viendo hacia enfrente. Cómpreme una tostada, ¿sí, don?, para mi desayuno. Vi que los dos policías venían caminando hacia nosotros, por la portería de NaranJugo. Me seguían observando, serios o tal vez curiosos. De pronto lanzaron sus cigarros sobre la plaza, como alistándose para hacer algo. Metí la mano en la bolsa de mi pantalón y estaba por sacar unas monedas para que el niño fuera a comprarle una tostada a la señora del canasto, cuando él, con parquedad, casi con indiferencia, dijo: Ah, esos Martínez son algo del que mataron, ¿verdad?

La entrada de la cooperativa era una bodega alta, amplia, que en época de cosecha servía como centro de acopio. En las paredes blancas y el techo de lámina aún colgaban listones y cordeles y cintas de papel maché, quizás para darle al espacio un (malogrado) ambiente festivo, o quizás, tras algún cumpleaños o aniversario, habían olvidado quitar las decoraciones.

Yo estaba de pie a media bodega con un socio caficultor de la aldea de Chanjón, en Todos Santos Cuchumatán, que había hecho esa mañana el largo y difícil viaje de cuatro horas en carro a La Libertad.

Bueno el café, ¿no?, me dijo de pronto en un español obstruido, arrastrado, moldeado por su lengua maya: el mam. Ambos sosteníamos nuestras tazas de café. Le dije que sí, que muy bueno. Ahora lo apreciamos, dijo, lo sabemos tomar, pero antes, en nuestras casas, sólo tomábamos café instantáneo, o a veces café de segunda o café de cascarita, como le dicen aquí, o a veces tomábamos nuezcafé. No escuché bien o no entendí. ¿Cómo?, le pregunté. Que antes, repitió más recio, tomábamos nuezcafé. ¿Y qué era eso? Él se quedó callado un momento, su mirada hacia arriba, su boca semiabierta, como si estuviese dándole tiempo a que cada una de sus palabras hiciera el brinco de una lengua a otra. Así le decíamos a un frijol muy barato traído de las tierras bajas, dijo, de la costa, adonde los compañeros del pueblo iban a trabajar en fincas de caña o de algodón. Sonrió con delicadeza. Me estaba mostrando un frijol barato e imaginario entre su índice y pulgar. Lo tostábamos en el comal, dijo, y luego lo machacábamos con una piedra de moler. Tenía un saborcito a café. Pero no era café. De ahí su nombre. No es café. O noescafé. O nuezcafé. Algo así. Eso tomábamos, antes.

Cruz Pérez Pablo se llamaba, y yo tardé en comprender que Cruz era su primer nombre, Pérez su segundo nombre, y Pablo su apellido. Como si le hubiesen asignado su nombre al revés. Como si viviera de atrás para delante. Cruz Pérez Pablo. Nombre galán, soberbio, que merece ser proyectado en una enorme pantalla blanca. Estaba vestido con su traje típico de Todos Santos Cuchumatán: pantalón rojo con líneas grises; camisa rayada celeste y blanco, de mangas largas y botones y con un colorido y grueso tejido en los bordes y el cuello; pequeño sombrero de petate también ribeteado con una cinta del mismo tejido. Me quedé viendo su traje tan colorido, y bello, y símbolo inequívoco y orgulloso de su identidad, pero cuyos orígenes se remontaban al dominio español, siglos atrás, cuando los distintos trajes y colores no eran más que un sistema impositivo de los caciques españoles para diferenciar por territorio a sus esclavos indígenas.

Él mismo había preparado las dos tazas de café mientras esperábamos a que llegaran Iliana y su padre. Un café caliente y robusto y un poco ácido y un poco chocolatoso. Bebíamos —comulgábamos, pensé entonces, con café de su tierra, con café cultivado por sus viejas manos— y algunos socios entraban y salían y Cruz Pérez Pablo me los iba presentando y cada uno se quitaba el sombrero o la cachucha de béisbol y me estrechaba fuerte la mano y se volvía a presentar, dándome la bienvenida al pueblo y a la cooperativa, enunciando con honor su propio nombre, lanzándolo como fruta o poesía sobre esa enorme pantalla blanca.

Han vuelto las aves. Han vuelto las ardillas. Han vuelto los micoleones. Han vuelto los mapaches y los pizotes y lo que aquí llaman tusas, que son unos topos muy grandes, y también muy sabrosos, por cierto, si uno logra atraparlos.

Don Juan Martínez estaba acuclillado junto a una de sus matas de café. Mientras hablaba, sus manos parecían trabajar solas: quitando hojarasca del suelo, arrancando hierbas y pasto y hojas enfermas. Iliana, a mi lado, sólo lo dejaba hablar.

Ya no se veían aves, señor Halfon, ya no se veían animales. Antes, este cerro estaba pelado, completamente talado, ya sin ningún árbol. Pues las personas, para poder sembrar milpa, tenían que quitar todos los árboles de su tierra. Además, dijo, las personas necesitaban la leña de esos árboles para sus comales, para calentar y cocinar en sus casas. Don Juan se puso de pie. Ajustó su viejo sombrero de petate. Ahora mire el cerro nomás, dijo. Otra vez lleno de cipreses y pinos y árboles de sombra para el café, como el cushín, que es ese de allí, o como ese otro de allá, que lo llaman inga. Bajó su brazo, sin prisa, y continuó. Ahora que la cooperativa está funcionando, el mismo café nos da dinero para comprar nuestro maíz, y pues ya no necesitamos sembrar milpa. Ahora nuestras mismas matas de café y árboles de sombra, al podarlos, nos dan suficiente leña para el comal, y ya no necesitamos talar árboles. Ahora sembramos árboles, dijo don Juan. Y es que no hay nada, señor Halfon, como dar vida. Pero dar vida no sólo a unas matas de café y unos árboles, sino a la montaña misma.

Seguimos caminando los tres por una estrecha vereda de tierra seca, en fila, entre matas de café ya muy verdes, entre frutos de café ya muy rojos. Iliana me iba señalando cuál mata era arábigo y cuál era bourbón y cuál era caturra. Ésas son las mejores variedades, me dijo. Sólo eso tengo aquí, dijo don Juan, en Finca San Andrés, y sonrió. Tratamos, Eduardo, dijo

Iliana, de que los socios ya no siembren las variedades llamadas cataui y catimor, pues no dan café tan bueno. Don Juan se detuvo, se agachó ante una mata y le arrancó de la base una rama corta. Hay que deshijar, me explicó Iliana viendo a su padre, así la mata produce un mejor grano, un mejor café. Al principio, dijo, nos fue muy difícil que los socios más viejos entendieran eso. Don Juan parecía acariciar el tronco de la mata con cariño, tras deshijarla. La gente de aquí estaba acostumbrada a que una mata debía producir mucho café, dijo Iliana, y claro, al deshijarla, esa mata produce menos granos, pero esos granos son de mucha mejor calidad. La mata invierte toda su energía, por así decirlo, en menos frutos, y entonces esos frutos salen mejor. Mientras escuchaba a Iliana hablar de hijos, mientras la observaba a ella y a su padre, se me ocurrió de pronto una pregunta prohibida, una pregunta casi bíblica, una pregunta que jamás debe pronunciarse, una pregunta que sólo puede ocurrírsele a alguien que no tiene hijos. Y tragué amargo. Es una apuesta por calidad sobre cantidad, ¿no?, prosiguió Iliana, una apuesta que marca no sólo un cambio en la manera en que los socios cultivan el café, sino un cambio en su manera de verse a sí mismos.

Don Juan se puso de pie y continuamos caminando en silencio entre las matas del cafetal, recorriendo el terreno quebrado y resbaladizo. Escuchamos el grito lejano de un halcón, luego el trino dulce y metálico de un guardabarrancos, luego el jolgorio en el cielo de una parvada de pericas.

Llegamos a unas grandes galeras de madera, decrépitas y podridas. ¿Qué es esto, don Juan?, le pregunté, pero don Juan no dijo nada. Quizás no me oyó. Estaba él parado ante una mata solitaria, altísima, muy tupida, llena de granos rojos. Todo eso, dijo Iliana señalando con la quijada la serie de galeras, era el gallinero de mi hermano. Nadie lo cuida desde hace tres años, dijo. Desde que lo mataron.

Don Juan nos dio la espalda y pareció meterse un poco entre la enorme y solitaria mata de café. Como escondiéndose entre las hojas verdes. Como buscando algo entre las hojas verdes. Como queriendo que la vieja mata lo protegiera. Aún de espaldas, estaba quitándole granos de café a la vieja mata, lentamente, tiernamente, sus manos de campesino dejando que los frutos rojos cayeran insonoros sobre la tierra seca. Se agachó un poco, y le quitó los granos más bajos. Se estiró hacia las ramas de arriba, las jaló hacia él, y sus manos expertas las dejaron sin grano alguno. El suelo, alrededor de sus pies, se fue tornando rojo. Su sombrero de petate crujía contra el ramaje. Parecía él ahora más encorvado, más pequeño. Siguió quitando y botando los frutos al suelo. Siguió adentrándose en el follaje de la vieja mata, adentrándose en el verdor de tantas hojas y ramas de la vieja mata, hasta que todo él desapareció por completo.

Arena blanca, piedra negra

El joven oficial estaba leyendo las páginas de mi pasaporte con diligencia, con escrúpulo, como si fuesen las páginas de una revista de farándula o de una novela barata. Las sostenía en alto. Las miraba a contraluz. Las raspaba fuerte con la uña de su índice. Se me ocurrió que en cualquier momento doblaría la esquina de alguna, como marcador, como para volver más tarde a su lectura. Viaja mucho usted, dijo de pronto mientras revisaba todos los sellos. No supe si era una pregunta o un comentario y sólo guardé silencio, observándolo ante mí, sentado del otro lado de un escritorio de metal negro. No tendría aún veinte años. Su rostro era lampiño, bruno, brilloso. Su uniforme verde caqui le quedaba demasiado apretado. Parecían ya no importarle los hilos de sudor que caían despacio por su frente y cuello. Como que le gusta viajar a usted, musitó sin verme, usando ese tono abusivo de nuevo militar. Pensé en decirle que todos nuestros viajes son en realidad un solo viaje, con múltiples paradas y escalas. Pensé en decirle que todo viaje, cualquier viaje, no es lineal, ni circular, ni concluye jamás. Pensé en decirle que todo viaje es un despropósito. Pero no dije nada. Por la puerta abierta entraba el ruido de motos, de camiones, de camionetas, de una ranchera en un radio transistor, de truenos en la distancia, de los enjambres de moscas y mosquitos y de los hombres que a gritos ofrecían comprar y vender dólares beliceños. Oscilando en la esquina, un viejo ventilador de piso sólo revolvía el calor selvático y húmedo de la tarde.

Era mi primera vez allí, en Melchor de Mencos, último pueblo guatemalteco antes de entrar a Belice. Había salido de la capital al amanecer, y conducido hasta la frontera sin detenerme más que una vez, a medio camino, en el lago de Izabal, a echar gasolina y almorzar un caldo de mariscos, un manojo de tortillas negras con queso fresco y loroco, y bastante café.

¿Su domicilio, señor?, me preguntó el oficial, aún hojeando las páginas de mi pasaporte y anotando mis datos en una enorme bitácora contable. Ciudad de Guatemala, le mentí, aunque no era del todo mentira. ¿Y la intención de su viaje a Belice? Voy a visitar a unos amigos en Belmopán, le mentí, aunque tampoco era del todo mentira: me habían invitado a hacer una lectura en la Universidad de Belice, en Belmopán. Viajar por tierra había sido idea mía, para conocer esa ruta, para conocer las hermosas playas de arena blanca de Belice, el idílico mar azul turquesa de Belice, una idea que ahora, tras comprobar la distancia y el estado tan paupérrimo de las carreteras, empezaba a cuestionar. ¿Su profesión, señor? Ingeniero, le mentí, como miento siempre, como escribo siempre en los formularios de migración. Es mucho más recomendable y sensato, especialmente en fronteras de cualquier tipo, ser ingeniero que escritor.

El oficial se quedó callado, y despacio, con todo el letargo del trópico, continuó anotando mis datos.

Afuera estaba nublado y denso y el cielo parecía a punto de reventar. Tras secarme la frente con la mano, me puse a mirar un inmenso mapa de Guatemala colgado en la pared, justo detrás del oficial de migración, y recordé cuando de niño, en los años setenta, había ganado un premio en el colegio por hacer el mejor dibujo del mapa nacional. Mi dibujo, por supuesto, aún incluía el entonces departamento de Belice, el más grande, ubicado en el extremo norte del país. No sería hasta 1981 cuando Belice lograría su independencia —y hasta 1992 cuando ésta fuese reconocida oficialmente por Guatemala—, dejando así de formar la parte superior de aquel mapa que yo aprendí a dibujar de niño. Nunca he podido dibujar muy bien. Pero esa vez, recuerdo, me esmeré. Y mi premio, que recibí atónito de la mano de la maestra, fue un pequeño mango verde. Aún no puedo ver un mapa del país sin antojárseme un mango verde. Aún no puedo ver un mapa del país sin pensar que Guatemala, de un modo más que figurativo, quedó decapitada.

※

Esto no sirve, señor.

Tardé un poco en comprender que el oficial, sin subir la mirada, y apenas audible por encima del silbido del ventilador, me estaba hablando a mí.

¿Cómo dice?, le pregunté. Que esto no sirve, dijo, cerrando mi pasaporte y dejándolo caer sobre el escritorio de metal, como con repudio, como si fuese algo tieso y podrido. Su pasaporte, señor, venció el mes pasado. Sentí un ligero golpe en el vientre. No puede ser, balbuceé. El oficial, inalterado, sólo continuó garabateando algo en la vieja bitácora. ¿Era posible? ¿Hacía cuántos años que lo había tramitado? ¿Hacía cuánto tiempo que ni siquiera había verificado la fecha de vencimiento? Estiré la mano y recogí el librillo azul del escritorio y lo abrí a la primera página. Vencido, hacía un mes. No sirve, espetó el oficial hacia abajo, hacia las páginas rayadas y amarillentas de la vieja bitácora, y por un momento creí entender que el que no servía era yo. ¿Y ahora?, le pregunté. ¿Y ahora qué, señor?, sin verme. ¿No hay otra manera de entrar a Belice? Ninguna, señor. ¿No puedo cruzar la frontera con mi cédula de identidad? Meneó la cabeza una sola vez, lapidario. Belice, dijo, no forma parte del convenio centroamericano. Era cierto. Todos los países centroamericanos recién habían firmado un convenio permitiendo el libre paso fronterizo a sus ciudadanos; todos, claro, salvo Belice. Suspiré, imaginándome el camino de vuelta a la capital, haciendo ya el cálculo matemático de todas las horas y todos los kilómetros de ida y vuelta, atravesando el territorio nacional casi entero de ida y vuelta, en un mismo día. Abrí mi cartera de cuero para guardar el pasaporte y me sorprendió ver allí el cartón rojo. No se me había ocurrido. De hecho, aunque se me hubiese ocurrido, ese preciado cartón rojo generalmente se quedaba en casa, y no hubiera creído encontrarlo allí, en la cartera de cuero que siempre viaja conmigo, y en la cual mantengo otras tarjetas de crédito (por si acaso), credencial de seguro médico (por si acaso), licencia de buceo (por si acaso), un par de preservativos (por si acaso). Sonreí triunfante. Aquí tiene, le dije al oficial, y lo coloqué bajo su mirada, sobre las páginas mismas de la bitácora. ¿Y esto?, farfulló perplejo, aún desconfiado. Es que soy muchos, le dije con algo de sátira. Pero hoy, le dije, soy dos.

El oficial, quizás por primera vez, alzó la mirada y me observó detenidamente, escépticamente, mientras sostenía un librillo en cada mano, un pasaporte en cada mano: el guatemalteco en la derecha, el español en la izquierda.

Permítame, y se puso de pie. En su espalda verde caqui crecía una mancha oscura y redonda de sudor.

Caminó despacio hacia un escritorio más grande y más importante donde estaba sentado un señor gordo, calvo, con un grueso bigote ceniciento y gafas de lectura, y trajeado en el mismo uniforme verde caqui. Su jefe, supuse. El joven oficial le entregó los pasaportes y me señaló y los dos hombres se pusieron a revisar mis documentos, a compararlos, a juzgarlos, mientras se susurraban no sé qué cosas. De pronto el oficial mayor se quitó las gafas de lectura. Alzó la mirada hacia mí y se quedó observándome unos segundos. Como enfurecido por algo. O como asustado por algo. O como intentando descubrir algo en mi rostro, algún detalle o gesto que le comprobara mi identidad. Luego bajó la vista, le devolvió mis dos pasaportes al joven oficial y, buscando las gafas de lectura que le colgaban del cuello, regresó su atención a los papeles sobre el escritorio.

Firme usted aquí, me dijo el joven oficial al nomás sentarse, indicándome una línea en blanco en la bitácora, a la par de mi nombre. Firmé gustoso, en letras pomposas y estilizadas. El oficial selló la bitácora con demasiada fuerza, acaso con la furia del derrotado, y me entregó ambos pasaportes. Siguiente, declamó en forma de despedida hacia la cola de personas detrás de mí, esperando su turno. Yo guardé todo en la cartera de cuero, di media vuelta sin prisa y sin decir nada, y ya marchándome de la oficina de migración, ya oyendo las gotas de lluvia sobre las láminas corrugadas del techo, advertí que el oficial gordo y bigotudo me miraba serio por encima de sus gafas.

Afuera llovía fuerte. Esquivé rápido a los vendedores de chicles y golosinas, a los vendedores de naranja agria con pepitoria, a los vendedores de dólares beliceños con fajos de billetes sucios en las manos y cangureras de nailon atadas a las cinturas, y me puse a correr entre las oleadas de lluvia hacia donde había dejado estacionado el carro: un viejo Saab color zafiro que me solía prestar un amigo para hacer viajes en el interior del país.

Al nomás llegar, abrí la puerta y entré y me apuré a insertar la llave y arrancar el motor. Me quedé quieto, medio empapado y también medio sudado, nada más oyendo el repentino chubasco contra la carrocería, y los truenos en la lejanía de la selva petenera, y el chirrido metálico y agobiante de una batería muerta.

Aquí le va a costar hallar a un camionero que quiera ayudarlo.

Tenía acento salvadoreño o tal vez nicaragüense. Llevaba puestas unas botas de vaquero de piel de cocodrilo. Su camisa de botones estaba abierta y sobre su corazón, en tinta verde, tenía un tatuaje de otro corazón atravesado por una flecha y envuelto por una cinta con el nombre de alguien. De su mujer, supuse. O de alguna de sus mujeres. Llevaba un machete largo en una funda de cuero negro colgada de su cinturón. Y yo de inmediato, al verlo acercarse y sonreírme con sus dientes de plata, sentí una ráfaga de desconfianza y pánico y estuve a punto de cerrar los ojos y decirle que sólo el dinero, por favor, que me dejara quedarme con mis tarjetas de crédito y demás papeles. Pero él rápido me saludó y me dijo que su camión era aquel de allá, el blanquito, que iba camino a México, que se llamaba Roldán. No quise preguntarle si ése era su nombre o su apellido. Tampoco quise preguntarle qué llevaba en su camión.

Yo había tenido que permanecer casi una hora dentro del carro, esperando a que menguara la lluvia. De vez en cuando abría un poco la puerta para airear el calor y el humo de mi cigarro (la ventanilla eléctrica, claro, no funcionaba). Pero llovía demasiado fuerte y el agua entraba enseguida y tuve entonces que curtirme una hora allí dentro, sumergido en mi propio humo y vapor. Creí ver en varias ocasiones —a través del vidrio y de las sábanas de lluvia— al oficial bigotudo parado en la puerta de la oficina de migración, quizás observando la lluvia, quizás observándome a mí.

Aquí ningún camionero le echará una mano, dijo Roldán. Dizque andan con prisa los compañeros. Se rascó la barriga. Puros cuentos, dijo. Lo que pasa es que son algo crueles.

Con un par de chiflidos, llamó a un muchacho adolescente que pasó caminando por ahí. Ayudáme a empujar, vos, le dijo al muchacho, que accedió de mala gana. Usted póngalo en neutro, me gritó Roldán, y cuando yo le diga, meta segunda y trate de arrancar. Intentamos tres veces. El motor ni siquiera reaccionó. Ay, mi rey, dijo Roldán ensanchando su sonrisa de plata. Esa batería ya no da. El muchacho, sin decir nada, se había esfumado.

Me bajé del carro. Le extendí a Roldán la cajetilla de Camel y él tomó un cigarro y ambos nos quedamos fumando un momento en silencio. El sol había vuelto a salir. En la distancia, un velo de neblina tibia cubría parte de la montaña. ¿Tiene usted cables?, me preguntó de pronto. Creo que sí, le dije, en el maletero. Mi camión sólo anda con batería de veinticuatro voltios, dijo. Hay que hallar a un camionero con batería de doce voltios. Tal vez así logremos cargarla. Me pidió otro cigarro. Para lueguito, dijo, y lo colocó sobre su oreja. ¿Desde dónde viene usted, pues?, me preguntó, y le expliqué que había salido de la capital esa misma mañana, que iba camino a Belice, que quería cruzar a Belice, que quería llegar a las playas de arena blanca de Belice. No con esa su batería, mi rey, dijo siempre sonriendo. Pero no se preocupe. Ya mero se la arreglamos. Dios mediante.

Roldán detuvo a dos camioneros, y ambos, desde sus cabinas, sólo negaron con la cabeza y siguieron por la carretera. Al rato llegó el dueño del camión que estaba aparcado a mi lado. Roldán se acercó a él y le explicó la situación y el tipo le dijo que sí tenía batería de doce voltios, pero que no podía darme carga. ¿Y por qué no, papá?, le preguntó Roldán, y el tipo sólo meneó la cabeza, apenado. Roldán le insistió de tal manera que el camionero finalmente aceptó. Conectamos las dos baterías. El camionero encendió su motor, y lo dejamos correr unos minutos, y nada. Luego lo dejamos correr unos minutos más, y yo volví a intentar, y otra vez nada. El camionero desconectó los cables, se subió a su cabina y, casi ofendido conmigo, como si yo le hubiese robado algo, se marchó.

Roldán sacó su teléfono y marcó un número. Pidió una grúa. No se inquiete, me dijo. Es de un amigo, me dijo, quien en nada le cambia la batería aquí en Melchor de Mencos, del otro lado del puente, y puede seguir usted su camino a Belice.

Sentí algo en las rodillas. Acaso impotencia. Acaso una devastadora soledad. Acaso el pánico de estar ingresando, poco a poco, a una extensa telaraña de estafadores.

Roldán se quedó fumando a mi lado hasta que llegó su amigo con la grúa y negoció el precio con él y lo amenazó con tratarme bien. Le agradecí. Le ofrecí unos cuantos billetes, que rechazó con obstinación. Le dije, quizás por miedo a quedarme solo y varado a media selva petenera, que me dejara invitarlo a una cerveza en el pueblo. Es que yo también tengo que seguir mi camino, dijo negando con la cabeza.

Me subí al asiento de pasajero de la grúa. Olía a

sudor, a grasa, a pescado rancio, a frenos quemados. Del espejo retrovisor colgaba un crucifijo de plástico color rosa, una postal laminada de una rubia mostrando las tetas, y dos dados de peluche, uno blanco y el otro negro. Leí pintado en el vidrio, hasta arriba, en grandes letras de oro: CRISTO ES MI NORTE. No se le vaya a ocurrir viajar a Belice de noche, me dijo Roldán sosteniendo la puerta. Mejor quédese usted en el pueblo, cene sabroso, duerma bien, y salga mañana tempranito, con calma. Volví a sentir ese mismo algo en las rodillas. Ya veremos, le dije. Cerré la puerta. De veras, gritó encima del recio motor de la grúa. Puede ser peligroso andar por allí de noche.

No parecía un taller de mecánica. No tenía ningún rótulo. Era nada más un pequeño predio con suelo de tierra, encerrado por tres paredes de adobe, y con un portón de metal gris que daba a la calle. Había herramientas tiradas y amontonadas por doquier. En una esquina estaba aparcado un Mercedes Benz de los años setenta, blanco, todo destartalado y corroído. A su lado, un niño de dos o tres años estaba sentado en el suelo de tierra, completamente desnudo. Jugaba con un puñado de tarugos y tuercas. El tipo de la grúa era también el dueño y el único mecánico. Se llamaba Nicasio. Tras conectar la batería a una máquina vetusta, me confirmó que, en efecto, ya estaba inservible. Me dijo que él podía conseguir e instalar una nueva, de lujo, importada, a muy buen precio. Me dijo que le pagara la mitad por adelantado. Me dijo que le dejara las llaves del carro. Me dijo que le diera unas horas, que había un comedor en la esquina donde podía esperar, tomarme algo, que él me buscaría allí al haber terminado el trabajo. Vi mi reloj. Eran ya las cinco de la tarde. Luego vi el Saab azul zafiro de mi amigo: abierto y fatigado y con las vísceras expuestas. Saqué mi mochila del maletero y me dirigí hacia el portón. El niño desnudo me miraba desparramado en un charco de lodo.

Llegué caminando a un pequeño parque, en una cuchilla. No había nadie. No había brisa, ni sombra, ni alivio. En la entrada, mal pintado encima de un arco blancuzco, un rótulo daba la bienvenida al pueblo. Saqué el último cigarro de la cajetilla y me senté a fumar en una banca aún medio mojada. Casi de inmediato se acercó un muchacho con varios sacos de semillas y una vieja báscula de bronce. ¿Le doy algo, don? Hay maní, dijo. Hay habas, marañón, macadamia, almendra salada. Le compré un par de onzas de semillas de marañón. Tras pesarlas y cobrarme, se sentó a mi lado. Le pregunté por el origen del nombre del pueblo, Melchor de Mencos. Dicen por ahí, dijo, que ése era el nombre de un general que venció a los británicos. Siglos atrás, dijo. Pero saber si será cierto, dijo. Alzó la mirada hacia la carretera, tal vez buscando a alguien, o tal vez alguien lo estaba buscando a él. También me quedé viendo hacia la carretera. Vi a un señor de piel tostada dando pequeños pasos hacia delante, como bailando hacia delante. Luego vi un camión transportando, en la parte trasera, a una escuálida vaca blanca. Luego vi a tres niños montados en una sola bicicleta. ¿Y usted anda de paso?, me preguntó el muchacho. Algo así, le dije. Me terminé el cigarro en silencio.

Caminé frente a una niña babeada de rojo y correteando tras un grupo de polluelos. Su vestido blanco parecía ya teñido de rojo. Sus medias blancas y flojas parecían ya teñidas de rojo. Su diadema y sus zapatillas negras de charol estaban olvidadas detrás de ella, junto a la puerta abierta de una iglesia evangélica por donde salían los cantos de los feligreses y del predicador. La niña sostenía media granada en sus manos morenas. De pronto se llevaba la media granada a la boca y le daba un buen mordisco y se ponía a dispararles balines rojos a los polluelos.

❊

Caminé frente a un señor recostado contra el tronco de un almendro. Estaba sentado en la grama, con las piernas extendidas. Aprovechaba, supuse, la sombra del almendro. Tenía puesto un pantalón negro y una camisola blanca y una corbata negra. Tenía un periódico en el regazo. Al acercarme aún más, noté que había un círculo verde en cada una de sus sienes. Eran dos rodajas de limón, prensadas allí con una cinta de zapato que se había amarrado alrededor de la cabeza. Pequeñas gotas chorreaban por todo su rostro, quizás de limón o de sudor o de ambas cosas. Vení te la chupo vos gringo, creí escuchar que susurró a mis espaldas, ya alejándome con prisa del almendro. Pero al volver la mirada me pareció que el señor estaba profundamente dormido.

Entré a una abarrotería, en la calle principal y bulliciosa del pueblo. Un anciano estaba apoyado contra el mostrador, apenas de pie, apenas sosteniendo un octavito ya casi vacío de aguardiente Quezalteca Especial. Dígame, me dijo una señora chaparra del otro lado de las rejas. Me acerqué. La saludé, descubriendo a través de las rejas que sólo vendía cigarros nacionales. Le pedí una cajetilla de Rubios. El anciano balbuceó algo. La señora me pasó la cajetilla por entre las rejas, y yo entonces le pasé unos cuantos billetes. El anciano se acercó un poco a mí y volvió a balbucear algo, con su mano extendida. Todo él apestaba a orina. Deje de molestar, lo regañó la señora. Y usted ignórelo nomás, me dijo, devolviéndome unas cuantas monedas a través de las rejas, que luego quise entregarle al anciano. Pero su vieja mano no logró sostenerlas y las monedas cayeron al suelo. Me agaché a recogerlas. Cuando volví a ponerme de pie, allí, justo a mi lado, estaba el oficial gordo y bigotudo de migración: siempre serio, siempre en su uniforme verde caqui, siempre con sus gafas de lectura colgándole del cuello, pero ahora acompañado por un hombre en botas de vaquero y sombrero de vaquero y con unos inmensos anteojos oscuros y un palillo entre los dientes y una pistola negra bien metida en el pantalón. Me sequé la frente con la manga de la camisa. Salí casi corriendo a la penumbra de la calle principal.

Una enorme guacamaya roja estaba perchada en un palo de escoba, en el fondo del comedor. De vez en cuando se rascaba el pecho con el pico o lanzaba un grito o un agudo silbido. Su plumaje rojo me pareció triste y opaco. En cada una de las cuatro mesas, sobre un mantel de plástico floreado, había una botella con atomizador. Por si acaso, me dijo la señorita al sentarme. Es que es medio chiflada, dijo mirando hacia la enorme guacamaya. A veces le agarra por atacar a la gente, dijo. Pero un chorro de agua la asusta.

Abrí la cajetilla nueva de Rubios y encendí uno y de inmediato empecé a sentirme mejor, a recuperar el aliento. Desde la cocina, detrás de una cortinilla de abalorios, me llegaba el rumor de voces femeninas, de risas, de gemidos, de un merengue en la radio, del retintín de platos y vasos. Un par de bombillas blancas colgaban del techo. La guacamaya me miraba soñolienta desde su palo.

La misma señorita salió por la cortinilla de abalorios, cargando un azafate, y caminó hacia mí. Noté que estaba descalza. Noté que ahora llevaba a un bebé amarrado a su espalda (¿o lo llevaba antes y yo no lo vi?) con una larga faja azul. El bebé dormía. Aquí tiene, me dijo, y colocó sobre la mesa un cenicero, una botella de cerveza Gallo, un vaso pequeño. Le agradecí. Para servirle, dijo. ¿No quiere usted comer algo?, me preguntó casi avergonzada, y le dije que por ahora no, que gracias, que tal vez más tarde. Un perro callejero quiso entrar al comedor, pero ella lo espantó con un aplauso. Luego se quedó allí parada, abrazando el azafate contra sus pechos rollizos, quizás esperando algo. Le pregunté por qué se llamaba Comedor Fallabón. Es que así le dicen a esta colonia, dijo. Antes, dijo, Fallabón era una aldea propia, aquí merito, pero ahora ya forma parte de Melchor de Mencos (me enteraría después de que el nombre de la aldea, Fallabón, viene de un fuego y estallido que hubo allí cerca, en un almacenamiento de madera, en 1950; es un anglicismo, derivado de las palabras en inglés para fuego y estallido: fire y boom). El bebé soltó un quejido y la señorita estiró su mano hacia atrás y le acarició la mejilla con un dedo. ¿Y ése es su carro, pues, en el taller de don Nica? Así es, le dije, reacio a explicarle que en realidad no era mío el carro, sino de un amigo. Ella hizo un chasquido con la lengua como diciendo buena suerte, o como diciendo qué pena. Le pregunté si podía recomendarme un hotel, que a lo mejor tendría que pasar la noche, y ella pensó un momento y luego me dijo que el Hotel La Cabaña era bueno, que quedaba allí nomás, en la calle principal. Hasta piscina hay, dijo. Hotel La Cabaña, repetí, como para no olvidarlo, y mientras me secaba el sudor de la frente con una servilleta de papel, creí ver que algo pequeño y oscuro estaba subiendo por la pared del fondo. Una araña. O tal vez un tábano o un alacrán. ¿Y la guacamaya es suya?, le pregunté a la señorita. Ella sonrió. Ésa es de aquí, dijo, pero no entendí si del comedor o de la colonia o del pueblo entero. ¿Tiene nombre? Bien tiene, dijo. Se llama Gómez, dijo. La guacamaya gritó algo, posiblemente porque había oído su nombre y quería participar en la conversación. Aplasté mi cigarro en el cenicero. ¿Es macho?, le pregunté a la señorita y ella sólo soltó una risa y alzó los hombros y dijo que a lo mejor, que eso nadie lo sabía. Advertí que las baldosas del piso, debajo de la guacamaya, estaban cubiertas de heces blancas y grises. Permiso, susurró la señorita, y regresó a la cocina.

Me serví un trago de cerveza con bastante espuma. La cerveza estaba tibia pero me cayó bien. Me serví otro trago. Encendí un cigarro y respiré hondo. Acerqué la botella de agua, por si la guacamaya decidía bajarse de su palo. Abrí mi mochila y estaba por sacar un libro para leer un rato cuando sentí la presencia de alguien a mis espaldas.

Traénos dos cervezas, hija, gritó el oficial de migración.

Me saludaron serios, nada más con la mirada, y se ubicaron en una mesa enfrente de mí. La señorita salió por la cortinilla de abalorios. Cargaba una botella de cerveza en cada mano. El bebé aún dormía atado a su espalda. Aquí tiene, don Francisco, dijo. El oficial musitó algo, quizás agradeciéndole. Había sacado un pañuelo rojo de un bolsillo de su uniforme verde caqui. Terminó de enjugarse el sudor del cuello y de la cara. Luego tomó un sorbo largo de cerveza y se limpió los labios y el bigote grisáceo con el pañuelo rojo. El otro hombre extendió una mano y agarró fuerte el antebrazo de la señorita y la jaló hacia él hasta sentarla en su regazo. ¿Tenés carnitas?, le preguntó en un susurro libidinoso, su mano de uñas largas prensándole el cuello, como un garfio. Me pareció que su tono de voz era demasiado femenino. Bien hay, dijo ella sin alzar la mirada del suelo. El bebé en su espalda se meneó, gimió. ¿Y chicharrón tenés? También hay, dijo ella, su voz ahogada, su mirada siempre en el suelo. Pues andá a traernos una orden de carnitas y una de chicharrón, dijo, y le dio un empujón fuerte hacia la cocina. Ella se tambaleó un poco. Ahorita mismo, dijo, recuperando el balance. El hombre se quitó los anteojos oscuros y el sombrero de vaquero y sacó la pistola negra y puso todo sobre la mesa. Aún mordiendo el palillo, levantó la mano derecha como si estuviera jurando ante un juez. Y si se me acerca ese pájaro de mierda, dijo, por Dios que le meto un par de plomazos.

Ambos hombres se rieron, recio, cacareado. La señorita se escabulló, deprisa y cabizbaja y agitando al bebé.

Yo quise fumar. Noté que el cigarro en mis dedos temblaba un poco. No podía dejar de mirar esa mano sucia y regordeta en el aire, y aún mirándola, pensé en el infarto que mi abuelo polaco había sufrido al final de los años setenta. Yo era muy niño entonces, pero aún recuerdo el llanto descontrolado de mi mamá al recibir la llamada del hospital. Mi abuelo tuvo suerte. Fue un infarto menor. Se recuperó rápido. Pero como consecuencia, y siguiendo los tres consejos de su médico: dejó de fumar tabaco, empezó a beber a diario un par de onzas de whisky (para los nervios, decía), y adquirió el hábito de caminar. Caminaba mucho, todas las mañanas, como ejercicio. Salía de su casa muy temprano y caminaba por su barrio. A veces hasta un par de horas. A veces yo lo acompañaba. Y durante una de esas caminatas, mientras andaba él solo al final de la avenida de las Américas, justo enfrente de la escultura en homenaje al papa Juan Pablo II, una moto con dos tipos se detuvo a su lado. Que lo derribaron al suelo, nos decía con escándalo. Que le asestaron un golpe en la cabeza, nos decía mostrándonos dónde. Que habían querido secuestrarlo, nos decía quizás ya exagerando un simple hurto. Que le robaron todo lo que llevaba, nos decía ora indignado, o casi todo, nos decía ora orgulloso. Que logró quedarse, nos decía, con el anillo de piedra negra que usaba en el meñique derecho. A veces nos decía que suplicó ante ellos hasta quedarse con su anillo. A veces nos decía que forcejeó con ellos hasta quedarse con su anillo. A veces nos decía que luchó contra ellos hasta quedarse con su anillo. La versión variaba dependiendo del paso de los años, o de su nostalgia, o de su estado de ánimo, o del carácter de la persona que le estuviese preguntando (mi abuelo entendía, acaso a un nivel intuitivo, que una historia crece, cambia de piel, hace malabares sobre la cuerda floja del tiempo; entendía que una historia es en realidad muchas historias). Había comprado ese anillo en el 45, le gustaba decirnos, en Nueva York, su primera parada en ruta a Guatemala después de ser liberado del campo de concentración de Sachsenhausen. En Nueva York, en una joyería judía de Harlem, había pagado por él cuarenta dólares. Y lo había usado durante el resto de su vida, durante los próximos sesenta años, en el meñique derecho, en forma de luto por sus padres y hermanos y amigos y todos los demás exterminados por los nazis en guetos y campos de concentración. Hace unos años, al morir mi abuelo, ese anillo le quedó a uno de los hermanos de mi madre, que lloró de emoción al heredarlo y decidió guardarlo en la caja fuerte de su oficina. No tenía ningún valor económico. Era una piedra negra cualquiera, en una montura dorada cualquiera. Pero una noche, alguien se metió a esa oficina y logró abrir la caja fuerte y robarse todo su contenido, incluido el anillo de piedra negra de mi abuelo.

Y yo seguía mirando, ante mí, en el dedo meñique de esa mano sucia y regordeta que ahora sostenía una tortilla rellena de carnitas y chicharrón, un anillo muy parecido al anillo de mi abuelo. O quizás era exacto al anillo de mi abuelo. Quizás era exactamente la misma piedra negra, y exactamente la misma montura de metal dorado, y tenía exactamente la misma forma y tamaño. O al menos todo era exacto al anillo en mi memoria, al anillo como yo lo recordaba o como yo quería recordarlo, en el meñique derecho y pálido y algo combado de mi abuelo. Y aunque lo sabía imposible, aun descabellado, aun absurdo, no pude evitar imaginarme que ese anillo, en esa mano regordeta y grasosa, era el anillo de piedra negra de mi abuelo. No uno parecido. No uno exacto. Sino el mismo. El que mi abuelo había comprado en Nueva

York, en Harlem, en el 45. El que había usado durante el resto de su vida en el meñique derecho. El que había logrado salvar tras vencer o convencer, al final de la avenida de las Américas, al final de los años setenta, a unos ladrones o secuestradores. El que al morir había heredado uno de los hermanos de mi madre. El que alguien se había robado de una caja fuerte, una noche, sin jamás saber el ladrón qué se estaba robando; sin jamás saber el ladrón que en esa insignificante y sombría piedra negra aún se reflejaban perfectamente los rostros de los padres exterminados de mi abuelo (Shmuel y Masha), y los rostros de las dos hermanas exterminadas de mi abuelo (Ula y Rushka), y el rostro del hermano exterminado de mi abuelo (Zalman), y los rostros de tantos hombres exterminados y mujeres exterminadas y niños exterminados y niñas exterminadas y bebés exterminados mientras dormían en los brazos de sus madres, mientras soñaban en las cámaras de gas; sin jamás saber el ladrón que en una pequeña piedra negra aún se podía oír el murmullo de todas esas voces, de tantas voces, entonando en coro el rezo de los muertos.

La guacamaya de pronto lanzó un alarido y extendió las alas y todavía perchada en el palo se puso a batirlas con ánimo, con desesperanza, como queriendo volar.

Sobrevivir los domingos

Llovía en Harlem. Yo estaba de pie en la esquina de la avenida Amsterdam y la calle 162, mi abrigo ya humedecido, mi viejo paraguas apenas soportando las súbitas oleadas de viento. Eran casi las cuatro de la tarde y ya empezaba a caer la noche. No conocía Harlem. No sabía hacia dónde caminar. No sabía en qué dirección estaba la avenida Edgecombe, en Washington Heights. Sólo me quedé viendo calle arriba, como si pudiese reconocer algo entre la lluvia y el viento y el crepúsculo prematuro de diciembre. Me encogí bajo el paraguas. Con dificultad logré encender un cigarro flácido y rociado.

Adonde Marjorie, supongo.

Me asustó a mi lado, estoica. Parecía no importarle la lluvia. O parecía no saber que estaba lloviendo.

Vas a donde Marjorie, supongo, mientras sacaba de su bolsón unos finos guantes de lana negra. Pero no sabes cómo llegar, mientras sacaba de su bolsón una larga bufanda de la misma lana negra. Se te ve desde lejos.

Su inglés me sonó levemente acentuado. Quizás caribeño. O africano. La piel de su rostro era de un negro profundo y perfecto y a lo mejor aún terso. Brillaba en la penumbra el blanco de sus ojos. Sólo la ligera canosidad en el cabello —un afro cortado a ras— delataba su edad.

¿Es tan obvio?, le pregunté y ella cerró los botones de su gabardina negra y cruzó los brazos y me dijo que por el día, que por la hora, que por la estación de metro en la esquina de Amsterdam y la calle 162, que por la expresión en mi rostro, que porque siempre encontraba a alguno allí parado. Sacó de su bolsón un sombrero cloché de fieltro negro, tipo campana, tipo años veinte. ¿Encuentras a alguno con expresión de estar perdido en pleno Harlem?, le pregunté. ¿O encuentras a alguno con expresión de estar buscando desesperadamente cómo llegar a donde Marjorie? Y sonreí con una mezcla de vergüenza y consuelo. Algo así, dijo. Vamos, dijo. Es por acá, criatura (child, en inglés), empezando ya a caminar. Yo me apuré y le di un último jalón a mi cigarro y, al machacarlo en el suelo, descubrí con zozobra o deleite, bajo los gruesos pliegues de su gabardina negra, y salpicando sin cuidado entre los charcos, sus botas de vaquero color sangre.

¿Tu primera vez, entonces?

Me sorprendió que ella caminara tan despacio y tan

fluido. Como con cadencia. Como una modelo sobre una pasarela: elegante, exótica, que se sabe observada. Como si no tuviera ninguna prisa por llegar y salirse de la lluvia. Varias veces le extendí mi paraguas —endeble y frágil en la brisa— pero no se enteró, o no le importó, o no quería acercarse tanto a un desconocido. Unas gotas caían desde el borde de su sombrero cloché. Yo seguía hechizado por sus botas color sangre. Quizás debido al color sangre. Quizás debido a que nunca he tenido botas de vaquero. Demasiado timorato.

Sí, mi primera vez, le dije. Un amigo me mandó una postal, le dije, con una foto de Marjorie en un largo vestido turquesa o verde menta, le dije, y manos de ébano, le dije, y con la dirección del apartamento en la avenida Edgecombe, le dije, pero sin contarme él mucho más. Pensé en sacar la postal y mostrársela, como evidencia. ¿No sabes quién es Marjorie, entonces? Le dije que más o menos, que un poco. Paramos en la esquina de Amsterdam y la calle 161. Mira, ellos van para allá, me dijo señalando a una pareja con un mapa doblado en las manos. Y ellos también, señalando a otro grupo de peatones. Y él también, señalando a un señor mayor, en saco y corbata y cargando un gran estuche negro. ¿Cómo sabes? Ella sonrió o tal vez sonrió en la oscuridad. Ya muchos domingos, criatura.

El semáforo cambió a rojo y empezamos a cruzar la calle.

Marjorie Eliot, se llama, dijo. Lleva años abriendo las puertas de su apartamento cada domingo, todos los domingos, sin descanso ni vacaciones, desde un domingo en 1992, cuando murió su hijo. Guardó silencio. Una racha brava de viento nos golpeó de frente. Cada domingo un concierto de jazz, continuó. Parlor jazz. A las cuatro de la tarde. En la sala de su propio apartamento. Con diferentes músicos. Van y vienen músicos. Músicos novatos y músicos famosos y músicos amigos. Y siempre gratis. Siempre son bienvenidos en su hogar los que quieran visitarla y escuchar un par de horas de jazz, que ya son muchos. Hizo una pausa, respiró hondo, y después, con tono afable y prohibido, susurró: Todo para ennoblecer la memoria de su hijo, a través de la música.

Doblamos a la izquierda. Me preguntó cómo me llamaba y pues mucho gusto, Eduardo, dijo. Mi nombre es Shasta. Hay nombres que vibran, se me ocurrió entonces o se me ocurre ahora. Hay nombres que uno anhela gritar. Me preguntó de dónde era y yo le dije que de Guatemala, que estaba en Nueva York sólo unos días, sólo de paso. Pensé en decirle que estaba allí, de paso, para recibir una plata Guggenheim —que Dios los bendiga, escribió Vonnegut o el narrador de Vonnegut—, con la cual luego, si lograba vencer mis miedos y demonios, viajaría a Polonia, a Łódź, al pueblo de mi abuelo. Pero no dije más. Y ella tampoco preguntó más. Acostumbrada, supongo, como cualquier neoyorquino, a que todos están allí de paso, a que todos están allí en su propio y absurdo peregrinaje, a que el mundo entero no es más que un pinche puñado de sal.

Cruzamos la avenida St. Nicholas. Hacia allá, dijo mostrándome algo con la mirada, queda St. Nick's Pub, el legendario club de jazz de Harlem. Ah, el antiguo Poospatuk, le dije y ella, de soslayo, casi cómplice, me lanzó una media sonrisa. Algo sabía yo de la historia de St. Nick's Pub. Sabía que cuando abrió por primera vez, en los años treinta, se llamaba The Poospatuk Club, por una tribu nativa de Nueva York. Luego, en los cuarenta, fue nombrado Luckey's Rendezvous, por su nuevo dueño, Charles Luckeyth Roberts, o Luckey Roberts, el gran pianista de stride cuyo alcance en las teclas era tan amplio y tan rápido, decían, porque se había cortado quirúrgicamente la piel entre los dedos. Luego, en los cincuenta, añadiendo un repertorio de ópera, los nuevos dueños lo llamaron The Pink Angel: porque era un sitio popular, decían, entre hombres homosexuales. Y finalmente, desde los sesenta, St. Nick's Pub.

Llegamos a la avenida Edgecombe. Del otro lado había una pequeña franja de árboles. Del otro lado de los árboles había una carretera. Del otro lado de la carretera, lejos, se oía el manso fluir del río Harlem. Doblamos a la derecha. Me quedé callado, esperando a que ella me hablara más, ansioso ya por llegar y a la vez deseando no llegar nunca. Casi de inmediato se detuvo ante el portón negro de un edificio enorme y clásico, y volvió su mirada hacia mí. Una mirada llena de algo. Quizás gentileza. O hastío. O leyenda. Me pareció que la piel de su rostro, acaso por la humedad o por la luz de un arcaico farol, ardía en la noche. Dijo: Marjorie Eliot dice que empezó a ofrecer conciertos de jazz en su apartamento, tras la muerte de su hijo, como una manera de sobrevivir los domingos.

El edificio número 555 de la avenida Edgecombe tiene varios nombres. Algunos lo llaman Paul Robeson Residence. Otros, Roger Morris Building. Otros, The Triple Nickel. Aun otros, Count Basie Place. Construido en 1916, durante sus primeros veinticinco años fue una residencia segregada: sólo para blancos. Pero alrededor de 1939, cuando las características sociales de Harlem cambiaron, también cambiaron las reglas y limitaciones del edificio número 555, y se convirtió entonces en la residencia de miembros distinguidos y famosos de la comunidad afroamericana de Harlem. Como el músico Count Basie. Como el compositor y pianista Duke Ellington. Como el saxofonista Coleman Hawkins. Como el escritor Langston Hughes. Como el juez (y primer afroamericano en la Corte Suprema) Thurgood Marshall. Como el beisbolista (y primer afroamericano en las Grandes Ligas) Jackie Robinson. Como el boxeador (y primer afroamericano en el circuito profesional de golf) Joe Louis. Como la cantante Lena Horne. Como la escritora Zora Neale Hurston. Como el actor y activista político Paul Robeson. Como la pianista Marjorie Eliot.

Pasa, pasa, criatura.

Ella había sacado un manojo de llaves, había abierto el pesado portón de hierro negro.

Guardé mi paraguas y entré rápido, en lo que ella sostenía el portón para un grupo de turistas, los orientaba hacia el ascensor, les decía que subieran al tercer piso. Yo me quedé viendo el lobby: grande, ostentoso, revestido entero de mármol verde y mármol gris y mármol beige, con frisos tallados en yeso y adornados meticulosamente con oropel. Había bajorrelieves de oropel en las paredes, en mal estado, de niños rollizos jugando, y tocando flautas, y cabalgando sobre cabras. Había un inmenso vitral en el techo, también en mal estado. Cuando yo era muy niña, me dijo viendo a la vez hacia arriba y sacudiendo el agua de su gabardina, decidieron pintarlo de negro y taparlo con tablones de madera. Se quitó los guantes. Se quitó el sombrero cloché. Pasó una mano por su breve afro salpimentado, mientras también sacaba la punta rosada de su lengua y la deslizaba por su labio superior, luego por su labio inferior, como lamiendo gotitas de lluvia. Para proteger el vitral, dijo. De un supuesto ataque atómico.

Caminamos hacia el ascensor. Y esperándolo, yo me la imaginé de niña, creciendo allí mismo, jugando y corriendo en el lobby y en los pasillos y en medio de todos los niños oropelados y de todos los inquilinos famosos del edificio y siempre vestida con sus botas color sangre.

¿Hace mucho que conoces a Marjorie? Sí, hace mucho, dijo. Era muy amiga de mis padres. Pensé en preguntarle quiénes eran sus padres, preguntarle si ellos aún vivían allí. Pero lo consideré inoportuno. Los domingos la ayudo con lo que puedo, dijo. A veces pongo las sillas. A veces instalo las luces azules. A veces, en el intermedio, sirvo los vasos de jugo de naranja y las galletas de granola, para las visitas. A veces, dijo, asisto a algunas almas perdidas a que encuentren el camino. Sonrió con donaire. Es mi manera, aunque mínima e inútil, dijo, de honrar la memoria de un hijo muerto. Guardó silencio, y a mí se me ocurrió que había dicho estas últimas palabras con otra voz. Quizás con la voz temblorosa o más ronca o un poco quebrada. Quizás con la voz obstruida y falsa de un ventrílocuo. Y supe, entonces, pero lo supe con certeza, lo supe con absoluta convicción, que ella también había perdido un hijo.

Se abrieron las puertas del ascensor y entramos y ella presionó el botón y subimos despacio, en silencio. Ambos viendo hacia delante. Ambos viendo hacia arriba. Ambos viendo hacia sus botas color sangre. Ambos sintiendo o imaginando sentir, en ese espacio que no es espacio, en esa pequeña antesala, la fuerza devastadora y heroica de una madre por su hijo muerto.

De pronto sonó un timbre. Se abrieron las puertas. Aquí te bajas tú, dijo, yo sigo hasta el último piso. Me sorprendí un poco. Había asumido que ella también iría a donde Marjorie, que me acompañaría a donde Marjorie, y así se lo dije. Ella sacudió la cabeza. Hoy no, dijo. Hoy, dijo, sobrevivo sola.

Salí al pasillo. Escuché aún lejos, como en sordina, como ahogada, la melodía dulce y disonante de un piano. Me volví hacia el ascensor, hacia ella. Le agradecí. Aquí a la derecha, dijo, apartamento 3F, dijo, y apúrate, criatura, que ya vas tarde. El piano dejó de sonar, y silencio, y un suave aplauso. Ella me sonrió únicamente con la mirada. Extendí la mano, con algo de prisa y soberbia, deseando postergar un poco lo inevitable. Ella tardó en comprender pero también extendió la suya. Y nos quedamos así un par de segundos, quizás ni eso, cada cual en su lado de la puerta.

Oh gueto mi amor

Todos le decían madame Maroszek. Un amigo francés, en un café de Saint-Nazaire —ubicado dentro de la antigua e inmensa base que los nazis, durante la guerra, habían usado para el almacenaje de submarinos—, fue el primero en hablarme de ella. Me dijo que no tenía teléfono ni correo electrónico, pues no confiaba en la tecnología, y que cualquier comunicación, entonces, debía ser por correo postal. Me dijo que a ella le gustaba escribir cartas largas —con sus anécdotas e historias— y también recibirlas. Me dijo que prefería si se le escribía a mano. Me dijo que podía escribirle en español, pues ella hablaba perfecto español (luego me enteraría de que hablaba más de diez idiomas). Me dijo que madame Maroszek, quizás, podría ayudarme a encontrar lo que estaba buscando en Polonia.

Yo le escribí de inmediato, y empezamos así una relación epistolar pausada pero constante. Sus cartas —en letra cursiva, exquisita, anacrónica, como de pluma fuente— siempre las escribía en papeles tamaño medio folio o un cuarto de folio, de distintos matices de color blanco o grisáceo o amarillo pálido, y todos con el membrete de algún hotel de Łódź. Me gustaba imaginármela paseando por los pasillos de los hoteles de su ciudad y entrando a las habitaciones abiertas y robándose de las mesas de noche esos folios membretados. Recibí cartas suyas del Grand Hotel, del Andel's Hotel, del Hotel Światowit, del Hotel Focus, del Hotel Łódzki Pałacyk, y del viejo y famoso Hotel Savoy, donde yo me estaba hospedando, y en cuyo lobby por fin la conocí.

Supe que era ella al nomás verla entrar. Tal vez porque, mientras recibía y leía sus cartas, me la había imaginado exactamente así: chaparra y robusta y con un aire de aristocracia. Pero de aristocracia impropia, demasiado trabajada. Daba ella la impresión de haber pasado horas frente al espejo, perfumándose, pintándose el rostro, tiñéndose y peinándose el pelo cobrizo, combinándose cada joya, cada arete, cada perla, cada anillo y pulsera dorados, cada pañuelo o mantón o chal de seda, hasta conseguir allí en el espejo, todos los días, la misma imagen. Como una actriz en el camerino del teatro convirtiéndose en su personaje, diariamente, minuciosamente, porque sabe que toda su obra, que toda su existencia, depende de ello.

Yo soy madame Maroszek, exclamó a medio lobby, mi mano presa entre las suyas.

❊

Vodka y arenque. Eso nos separaba. Sobre la mesa había cuatro vasos pequeños con un vodka espeso y frío, y en medio de los cuatro vasos, brotando como una extraña planta grisácea de un quinto vaso pequeño: las colitas de cuatro arenques enteros, encurtidos o quizás crudos. Wódka Żołądkowa Gorzka, decía en el borde de cada uno de los vasos, en letras negras. Madame Maroszek levantó un vaso de vodka, señaló las letras con la uña color carmesí de su dedo índice, y seria, viéndome o retándome, tradujo al español: Vodka amargo para el estómago. También levanté uno de los vasos. Bienvenido a Łódź, Eduardo, dijo, su acento pesado, su tono ronco y solemne. Do dna, dijo. Significa hasta el fondo, dijo. Es nuestra costumbre. Brindamos únicamente con la mirada, y nos empinamos todo el vodka. Lo sentí más dulce que amargo, más tibio que frío. Luego vi cómo madame Maroszek estiraba su mano regordeta y colmada de anillos y pulseras, cómo dejaba su vaso sobre la mesa, cómo cogía un arenque desde la cola y lo sostenía en el aire (su pequeño cuerpo arqueado, su piel tersa y tornasolada chispeando con los destellos de luz fluorescente del bar), cómo ella se reclinaba despacio hacia atrás, abría la boca, y depositaba allí todo el arenque. Apenas masticó. Apenas tragó. O tal vez ni siquiera tragó y el arenque, brillante, plateado, se deslizó solito hacia abajo.

Madame Maroszek abrió el paquete que estaba sobre la mesa, sacó un cigarro largo y delgado, y lo encendió. Popularne, leí en el paquete, en grandes letras rojas. Ahora ella me miraba en silencio: sus brazos cruzados, su mirada intensa y negra y sobremaquillada. Esperaba, supuse, a que yo cogiera un arenque e hiciera lo mismo. Ése era el trato. Así era la costumbre. Me ajusté un poco el gabán color rosa que aún tenía puesto, acaso porque hacía frío dentro del bar o porque madame Maroszek tampoco se había quitado su regio y bultoso abrigo de piel. Estiré una mano y pinché una de las colitas con mi índice y pulgar y sentí que el pescadito brincó un poco. Pero está vivo, dije o pregunté, asustado. Madame Maroszek no dijo nada. A lo mejor no me escuchó. Intenté de nuevo y esta vez el arenque se quedó quieto y me dejó cogerlo de la cola, una cola húmeda y ligosa y algo suave. Es posible que al alzarlo me golpeara un aroma a amoníaco. Aunque es igual de posible que únicamente imaginé ser golpeado por un aroma a amoníaco. ¿Cómo se dice arenque en polaco?, le pregunté, intentando no ver al pobre pescadito aún en el aire, todo tieso ante mí. Se dice śledź, susurró. Ya. No pude repetir la palabra. No sabía qué más preguntarle. No sabía qué más decirle. Entonces suspiré ligero y eché la cabeza hacia atrás y abrí la boca y dejé que el pescadito cayera tibio sobre mi lengua y empecé a masticar lo más rápido que podía, mientras madame Maroszek me observaba incrédula y confundida y yo me ponía verde y hacía un esfuerzo por no escupirlo sobre la mesa y salir corriendo del bar como un niño malportado. Sabroso, logré balbucear.

Era ya de noche. Las calles de Łódź estaban casi vacías. El viento soplaba helado y un poco húmedo y tuve que ajustarme un poco el gabán color rosa. Madame Maroszek, de pie ante mí, apoyándose en su antiguo bastón de ébano, nada más me observaba, tal vez preguntándose qué hacía yo vestido en un gabán así de rosado, así de femenino. Pero sólo sacó un cigarro en la penumbra y lo encendió con un par de tosidos. Me extendió el paquete. Tomé uno. Era tabaco negro y fuerte y me hizo sentirme un poco mareado. Pero mareado bien, mareado radiante, mareado de dar vueltas y vueltas viendo hacia un cielo estrellado.

Empezamos a caminar sobre la calle Piotrkowska, y madame Maroszek me preguntó qué tal mi viaje antes de llegar a Łódź. Yo me quedé callado unos segundos, pensando o recordando. Iba a decirle que en Varsovia había tocado los ladrillos del último vestigio del muro del gueto, entre las calles Sienna y Zlota, y que no sentí nada. Iba a decirle que también en Varsovia había tenido que comprar ese ridículo gabán color rosa, en una tienda de segunda mano de la estación de metro Centrum, bajo la plaza Defilad, porque la aerolínea había perdido mi maleta, y que cuando por fin me la llevaron al hotel, unos días después, el gabán ya formaba parte de mí, y yo ya formaba parte de él, y mi andar era ya el andar de una señora polaca. Iba a decirle que luego, tras mucha indecisión, había viajado en tren a Auschwitz, y vestido así, en mi gabán color rosa, en mi disfraz de señora polaca, había desfilado con los demás turistas por Auschwitz; había visto con los demás turistas los crematorios de Auschwitz; había entrado con los demás turistas al Bloque Once de Auschwitz, a las mazmorras del sótano en el Bloque Once de Auschwitz donde estuvo preso mi abuelo, donde conoció al boxeador polaco, donde le tatuaron su número. Iba a decirle que en Auschwitz, o más bien frente a Auschwitz, mientras almorzaba una hamburguesa muy mala en un comedor cualquiera, dos turistas adolescentes, probablemente estadounidenses, probablemente en un viaje escolar, se manoseaban debajo de la mesa justo delante de mí con la locura e indiscreción de lo prohibido, sus manos perdidas entre la ropa, sus rostros sonrojados y ardiendo de ese fuego que encandila y calienta y quema por primera vez. Estaba a punto de decirle algo o todo a madame Maroszek, cuando de pronto, aún fumando, metí la otra mano en la bolsa del gabán y sentí ahí el sobre blanco.

Había olvidado que lo llevaba conmigo, en la bolsa del gabán color rosa. Me detuve y se lo entregué a madame Maroszek, quien también se detuvo y lo recibió y abrió en silencio, el cigarro ahora colgando de sus labios, el bastón de ébano ahora suspendido de su muñeca.

Sacó primero una vieja foto en blanco y negro de mi abuelo: joven, delgado, vestido en traje y corbata, montando una bicicleta en alguna calle desierta de Berlín, a finales del 45, poco después de ser liberado del campo de concentración de Sachsenhausen; no sonríe, pero su expresión es ligera. Luego sacó una segunda foto, también en blanco y negro, también vieja y dañada, de la familia de mi abuelo en un estudio fotográfico de Łódź, posiblemente hecha justo antes de que la guerra los separara (es la única foto que mi abuelo logró conservar de sus dos hermanas y su hermano menor y sus padres, y que mantuvo siempre colgada a la par de su cama): todos lucen serios, preocupados, casi asustados, como si entendieran que ésa sería la última imagen que se harían juntos, como si supieran lo que está a punto de sucederles, como si en sus rostros grises se anticipara ya toda la tragedia. Madame Maroszek no dijo nada. Sólo guardó ambas fotos con cuidado, un hilo de humo subiéndole por el rostro, y sacó del sobre un pequeño papel amarillo.

❃

Siempre que le comentaba a mi abuelo que quería viajar a Polonia, a Łódź, al barrio donde él había nacido y crecido y donde fue capturado por soldados de la Gestapo en septiembre del 39 —cuando él y su novia Mina y sus amigos, todos de diecinueve años, jugaban en la calle una partida de dominó—, mi abuelo me decía que no fuera. A veces me lo decía enfurecido, otras veces triste y perplejo, aun otras en tono de súplica, como si quisiera protegerme de algo.

Mi abuelo llegó a Guatemala después de la guerra, después de seis años de estar prisionero en distintos campos de concentración, incluido Sachsenhausen, y Neuengamme, y Buna Werke, y Auschwitz, donde le salvó la vida un boxeador polaco, entrenándolo durante toda una noche a defenderse y lanzar puñetazos con palabras. Mi abuelo vivió el resto de su vida en Guatemala y murió en Guatemala ya viejo y aún ofendido con sus compatriotas y con su lengua materna. Jamás regresó a su país natal. Jamás volvió a pronunciar una sola palabra en polaco. Los polacos, me decía, nos traicionaron.

Poco antes de que muriera, mientras yo estaba con él y mi abuela en lo que resultaría ser nuestra última cena, volví a insistirle que quería viajar a Polonia. Y mi abuelo, ya muy enfermo y débil y hasta delirando (creía que su madre, Masha, estaba de pie ante él; creía que sus hermanos, Rachel y Raizel y Zalman, le hablaban en yídish; creía que había soldados de la Gestapo en su dormitorio, esperándolo), volvió a gritarme que no fuera, que un judío nunca debería viajar a Polonia. Luego se dio la vuelta hacia una antigua credenza, abrió la gaveta y sacó un pliego de papel periódico. Mire, Eduardito, me dijo, mostrándome el recorte que hacía algunos años mantenía ahí, en esa gaveta, y que ya varias veces me había mostrado, como evidencia, o como advertencia. Era una página de algún periódico británico, con tres fotos grandes, en blanco y negro. La primera foto era de una pared en alguna calle de Łódź, con grafiti de un juego de ahorcado, pero cuyo ahorcado no era un hombre, sino la estrella de David. En la segunda foto salía un agente de la policía sosteniendo una playera decomisada en las afueras del estadio de Widzew Łódź, el equipo de fútbol de la ciudad; la playera tenía dibujada una mira, como de escopeta, y escrito debajo de la mira, en polaco: Aquí cazamos judíos. En la tercera foto salía una tribuna de hinchas del equipo de fútbol de Poznań, quienes le cantaban a gritos a los jugadores del equipo de Łódź: Lárguense, judíos, su hogar está en Auschwitz, de vuelta a las cámaras de gas. Y es que antes de la guerra, explicaba el artículo en inglés, una tercera parte de la población de Łódź era judía. Es decir, había doscientos cincuenta mil judíos en Łódź. Sobrevivieron menos de diez mil. Pero también sobrevivió, para el resto de los polacos, la imagen judía de la ciudad.

Mi abuelo se levantó de la mesa con algún esfuerzo. Volvió a guardar el recorte del periódico en la credenza y se marchó del comedor, dejándome solo con mi abuela, quien no sabía si echarse a llorar o sosegarme y entonces sólo le daba pequeños sorbos a su taza de té. Pero al rato regresó mi abuelo, sosteniendo en su mano un papel amarillo, con unas pocas líneas escritas de su puño y letra. Era la dirección completa de su casa en Łódź: planta baja de un edificio en la esquina de las calles Żeromskiego y Persego Maja, número 16, cerca del mercado Zielony Rinek, cerca del parque Poniatowski. Un último papel amarillo. Unos últimos garabatos, en su temblorosa letra de anciano. Un último legado a un nieto, quien lo recibe de la mano misma de su abuelo, como si en ese momento, durante esa última cena, estuviese recibiendo la totalidad de su herencia.

Me desperté con dolor de cabeza. Acaso por el vodka barato y dulzón de la noche anterior. O por el mal sueño en un camastro tan antiguo y aguado. Aún faltaban unas horas antes de tener que bajar al lobby para juntarme con madame Maroszek. Tomé un par de aspirinas y me volví a meter en la cama y me quedé un rato medio adormilado en el pálido amanecer del invierno, escuchando en la ventana el ronroneo de una delicada llovizna.

Yo aún sabía muy poco de ella. Sabía que su nombre completo era Agnieszka Maroszek. Sabía que había nacido ahí, en Łódź, unos años antes de la guerra. Sabía que no era judía —usaba ella una cadena en el cuello, de hecho, con un enorme crucifijo de oro —, pero que su vida entera estaba dedicada a ayudar a los familiares de judíos de Łódź; ayudar por ayudar, sin cobro alguno. Pero no sabía por qué. Mi amigo francés, a quien ella asistió en encontrar y visitar las tumbas de sus dos hermanos fallecidos de tifoidea en el gueto de Łódź, me dijo que, según sus informes, los padres de madame Maroszek habían sido fusilados durante la guerra por ayudar a judíos, y que ella entonces había dedicado su vida a continuar los esfuerzos de sus padres, en memoria de sus padres. Pero después, un viejo poeta chileno, a quien ella había ayudado a recuperar una propiedad de su familia en las afueras de la ciudad, me escribió de vuelta y me dijo que, según él, los padres de madame Maroszek habían delatado a muchos judíos durante la guerra, a veces hasta entregándolos ellos mismos a la Gestapo en la temida Rote Haus, o Casa Roja —un precioso edificio de ladrillo rojo sobre la calle Kościelna, anteriormente una parroquia católica, que los alemanes convirtieron en cuartel de la policía criminal, o Kriminalpolizei, o Kripo, y desde cuyas siete celdas se oían los gritos de judíos del gueto siendo torturados y asesinados —, y que todos los esfuerzos de madame Maroszek, por lo tanto, no eran más que intentos de expiación de una pesada culpa familiar. Hablé, entonces, con una profesora de historia de una universidad norteamericana, experta en los años del Holocausto, y a quien, además, madame Maroszek había ayudado a encontrar el paradero de su propia abuela (asesinada en Chełmno) y de su propio abuelo (asesinado en Treblinka). Ella me dijo por teléfono que, según sus investigaciones, los padres de madame Maroszek habían ayudado a judíos, y también habían delatado a judíos; que nunca pudo confirmar nada, me dijo por teléfono, pero que encontró testimonios que sustentaban ambas historias. Cuando le pregunté cómo era eso posible, que alguien ayudara y traicionara a la vez, que ellos salvaran a unos y también enviaran a otros a su verdugo, ella primero me dijo que no sabía, luego me dijo que tampoco sabía si era completamente cierto, luego me dijo que no le extrañaba tanto, que así de incoherente era todo durante la guerra.

Cada cosa en el Hotel Savoy parecía anacrónica. Los camastros eran de otro siglo, estilo rococó o falso rococó. El papel tapiz de los pasillos, con un patrón geométrico de flores celestes, se estaba descascarando desde el techo. Ruidos extraños surgían de las paredes, de la tubería, de los calentadores, de las duelas del piso. Adentro del ascensor se mantenía siempre —aparentemente a cualquier hora— un mismo viejito en uniforme negro y gorro negro y sentado en un banco de madera y quien sólo hablaba polaco. Yo tenía que decirle a qué piso me dirigía usando dedos y muecas y señales, para que él entonces presionara el botón.

Esa mañana, al abrirse las puertas del ascensor, el viejo se puso de pie para recibirme. Dzień dobry, le dije, que significa buenos días en polaco, y el viejo, en silencio, con la formalidad de un gendarme, se tocó el gorro e hizo una leve inclinación con la cabeza. Solo le faltaba su bayoneta. Lobby, enuncié, señalando hacia el suelo con mi índice, y él de inmediato presionó un botón y empezamos a descender. Aún de pie a mi lado, me dijo algo en polaco que no entendí. El viejo señaló su pecho y yo leí que sobre el corazón, en costura de oro, tenía bordado su nombre. Kaminski, dije. Mister Kaminski, yes, susurró. Luego me señaló y dijo algo con entonación de pregunta. Halfon, le dije, mi puño en el pecho. Pero el viejo frunció el ceño y alzó una mano y se la puso detrás de la oreja. Repetí mi nombre aún más recio y más lento, pero él sólo sacudió la cabeza y se inclinó hacia mí, como pidiéndome que por favor lo auxiliara. Y de pronto, mirándolo todo indefenso y encorvado ante mí, se me ocurrió que no era que no oyese bien mi nombre, sino que éste le sonaba demasiado ajeno, demasiado desconocido, que mi realidad, en fin, no entraba en la suya. Entonces me pegué una vez en el pecho con el puño, y adopté una voz grande y firme y que ya no era la mía, y Hoffman, le dije.

El ascensor se detuvo y las puertas se abrieron. El viejo había bajado su mano. Me sonreía con júbilo.

Su mirada parecía encendida. Hoffman, entonó con una mezcla de honor y gratitud. Ese mismo, le dije mientras salía, signor Hoffman.

Estábamos de pie ante seis fosas vacías, grandes, pegadas al antiguo muro que encierra el cementerio judío de la ciudad. Un gato negro nos observaba desde el borde de ese muro de ladrillo, con quietud y sospecha. Madame Maroszek, emperifollada y maquillada igual que la noche anterior, me dijo que el gueto de Łódź había sido el primero abierto por los alemanes, en noviembre del 39, y el último liquidado, en agosto del 44. Me dijo que había durado tanto tiempo porque todos sus residentes eran mano de obra para la industria de guerra alemana. Me dijo que, tras su liquidación, tras las últimas deportaciones de judíos a Chełmno y Auschwitz, los alemanes habían seleccionado a 840 hombres judíos para quedarse atrás y limpiar las calles del gueto de basura, de excremento, de cadáveres. Me dijo que al grupo lo llamaron el Aufräumungskommando, o el comando de limpieza. Me dijo, viendo hacia abajo, viendo hacia una de las seis fosas, que los alemanes le ordenaron a ese último grupo de 840 judíos que también excavaran sus propias fosas comunes en el cementerio, para que éstas estuvieran listas y esperándolos al terminar de limpiar el gueto, lo cual ellos hicieron, sabiendo que esas seis fosas comunes serían sus propias tumbas. Me dijo que los alemanes, sin embargo, tuvieron que huir de Łódź antes de poder fusilar a esos últimos 840 judíos, quienes entonces se salvaron. Pero sus tumbas, excavadas por ellos mismos, me dijo, aún permanecen abiertas.

Estábamos almorzando kreplach y vino tinto en el único restaurante de comida judía de Łódź. Se llamaba Anatevka: el nombre del shtetl en el cuento de Sholem Aleichem, me dijo madame Maroszek, llevado luego al teatro y al mundo como un musical. Las paredes estaban llenas de viejas fotos de rabinos y familias judías y arte judío. Candelabros judíos adornaban las mesas. Los meseros vestían disfraces (creo) de judíos ortodoxos. Una chica muy rubia y muy guapa estaba sentada arriba de un pequeño y frágil andamio de madera, su cabeza casi rozando el techo, mientras tocaba en su violín —una, y otra, y otra vez— la misma cancioncita de *El violinista en el tejado*.

Madame Maroszek le dio una mordida demasiado grande a un kreplach y, masticando, aún sonriendo o burlándose un poco de mi encuentro con el viejo en el ascensor, me dijo que otro signor Hoffmann, el escritor y compositor alemán E. T. A. Hoffmann, había vivido unos años en Polonia, cuando Polonia formaba parte del reino prusiano. Bebió un recio trago de vino tinto y luego, sin pudor alguno, soltó un eructo breve y galante. Durante varios años, continuó, Hoffmann fue funcionario público en Varsovia, donde se supone tuvo la idea para su cuento del cascanueces y el rey de los ratones, llevado después al ballet y al mundo navideño con música de Chaikovski. Madame Maroszek entornó la mirada y alzó una mano regordeta y llena de anillos y señaló a su alrededor, como diciendo mire usted, igual que Sholem Aleichem y todo este teatro. Y de pronto, con su mano aún en el aire, espetó: Hoffmann era el funcionario encargado de darles nombres a los judíos polacos.

La chica rubia del andamio, acaso interesada en aquello que madame Maroszek estaba contando, paró de tocar. Yo tomé un trago de vino tinto, saboreando tanto la acidez del vino como el súbito silencio del violín.

A finales del siglo XVIII, dijo madame Maroszek, tras más de cien años de autonomía, Polonia volvió a caer bajo dominio prusiano, y muchas familias judías de Varsovia se vieron obligadas a registrarse oficialmente por primera vez. Familias judías campesinas, entiéndase, que nunca antes habían usado apellido formal. Y el trabajo de Hoffmann, entonces, era dárselos. Nombrarlos, dijo, oficialmente.

La chica rubia del andamio, acaso ya desinteresada, empezó a tocar la misma pieza en su violín.

Madame Maroszek tomó un último trago de vino

tinto, y continuó. Me explicó que Hoffmann, en su despacho, se le quedaba viendo largo rato a un judío antes de gritar la primera palabra que se le viniera a la mente, palabra que un notario escribía como apellido en una enorme bitácora, y así quedaba nombrado ese judío, oficialmente. Me explicó que antes de cenar, con el estómago vacío, Hoffmann les daba a los judíos nombres más serios (como Alterman o Richter), y después de cenar, ya de mejor humor, nombres más simpáticos (como Einhorn o Dreyfus); que los viernes de cuaresma se inventaba para los judíos nombres de pescados (como Karpfen o Hechte), y que los lunes, tras haber recibido rosas en la misa del día anterior, nombres de flores (como Nelke o Pfingstrose); que a veces, tras haber dirigido el coro de su iglesia, les daba a los judíos nombres con matiz religioso (como Helfgott o Himmelblau), y que otras veces, tras salir a emborracharse con coroneles prusianos, nombres militares (como Festung o Trommel). Me explicó madame Maroszek que estos nombres, todos imaginados por Hoffmann, se volvieron reales al nomás ser pronunciados y luego escritos en una bitácora, y como reales se fueron propagando por el mundo.

Madame Maroszek se inclinó hacia delante y, tarareando la tonadita del violín, sirvió el resto del vino. Y mientras bebíamos un rato en el ruido blanco de comensales y copas y meseros ortodoxos y el eterno y folclórico violín arriba en el andamio, a mí se me ocurrió toda una escena en donde E. T. A. Hoffmann, una tarde de mal humor o pereza, decidía darle su propio nombre a un judío barbudo de un shtetl, y este judío, al recibirlo, le arrancaba la última letra y la dejaba sobre la mesa y se marchaba escupiendo injurias en yídish. De pronto recordé haber leído o escuchado algo sobre los nombres judíos que, desde inicios del siglo XIX, sufrieron un proceso de acomodo en los territorios de lengua alemana. Sus nuevos nombres alemanes, digamos, se adaptaron a su identidad judía. Hoffman, entonces, con una n, podría ser la adaptación judía de Hoffmann. Toda una historia, toda una tradición, todo un pueblo, en una sola letra. O en la ausencia de una sola letra. Le comenté esto a madame Maroszek y ella pareció no darle mayor importancia y sólo me preguntó si mi apellido tenía algún significado. Yo le dije que no estaba seguro, que de hecho era sólo la mitad del apellido original (la segunda mitad la cortó un oficial de migración de Ellis Island, por capricho), pero que, según contaba mi abuelo paterno, mi abuelo libanés, Halfon venía de una palabra del hebreo antiguo, o del persa antiguo, que significa aquel que cambia de vida. Madame Maroszek encendió un cigarro y al soltar una bocanada de humo, apenas sonriendo, me susurró: Como el ingeniero que se convierte en escritor. Yo le sonreí de vuelta y le dije que sí, que quizás, y me terminé el vino tinto en silencio, pensando que un nombre, cualquier nombre, es así de trascendente, y así de caprichoso, y así de ficticio, y que todos, eventualmente, nos convertimos en nuestra propia ficción.

El edificio era un bloque enorme, macizo, de cuatro niveles más un altillo. La fachada exterior tenía ya un tono decrépito, enmohecido, de grises y ocres. Los cristales de algunas ventanas estaban rotos. Pensé que exactamente así había de haber estado el edificio la última vez que lo vio mi abuelo polaco, en septiembre del 39, mientras los alemanes ya marchaban ahí afuera, mientras él y sus amigos jugaban una última partida de dominó ahí afuera, en la calle, antes de ser capturados.

Madame Maroszek giró la manecilla y abrió la puerta principal del edificio como si estuviera entrando a su propia casa. Haciéndose a un lado, me dijo que pasara adelante.

Entré cauteloso a un pasillo largo y oscuro. La pintura amarilla de las paredes estaba raspada. El suelo, cubierto de basura y envoltorios y papeles, era una loza de cemento crudo que quizás alguna vez tuvo baldosas. Madame Maroszek somató la puerta principal a mis espaldas y yo sentí una puñalada de miedo en el pecho, pero sólo seguí avanzando despacio en la semioscuridad. Pasé las puertas de varios apartamentos, todas de madera carcomida y apolillada. A mi izquierda subían unas gradas con barandal antiguo, de hierro forjado; a mi derecha había un viejo armario para el correo postal, con casilla por apartamento. Seguí caminando hasta que llegué a una pequeña puerta negra, al final del pasillo, y permanecí quieto unos segundos. No sabía qué hacer. Madame Maroszek, caminando detrás de mí, tampoco me decía nada. Noté de pronto que a través de la rajadura se filtraba una ligera franja de claridad. Empujé la puerta con ambas manos, creyendo que ésta no se abriría, pero de inmediato nos bañó la helada luz blanca de un patio interior.

Salí y caminé hacia el centro del inmenso patio y me quedé ahí parado, temblando un poco. Su forma no era cuadrada sino irregular. Las paredes, ya sin pintura ni revestimiento alguno, parecían desnudas. Había cables negros por todas partes, subiendo por los muros, tendidos de un techo a otro, de una ventana a otra, como si no se les hubiese ocurrido instalar la electricidad hasta mucho después. Daba la impresión de que en cualquier momento empezaría a sonar una musiquilla desde un arcaico altoparlante mientras salía a actuar una tropa de acróbatas y trapecistas polacos.

Madame Maroszek se me acercó despacio, renqueando. Entendió que aunque el patio era enorme no cabía ahí ninguna palabra, y sólo me ofreció un cigarro en medio de ese silencio tan húmedo y sepulcral. Sentí el humo del tabaco aún más amargo. Me ajusté el gabán color rosa y volví la mirada hacia arriba, hacia el cielo espeso y nublado, hacia todas las pequeñas ventanas que nos rodeaban. Y pude imaginarme en esas ventanas los rostros en blanco y negro y ya demacrados de tantos judíos mirándome hacia abajo, juzgándome hacia abajo. Y pude imaginarme en esas ventanas las manos en blanco y negro de tantos judíos tirando hacia abajo sus desechos y excrementos, hasta formar alrededor de mí, en el centro del patio, una apestosa montaña de escombros. Y pude imaginarme los cuerpos en blanco y negro de tantos judíos lanzándose hacia su muerte de las ventanas más altas, en el cuarto nivel, al no soportar más la vida en el gueto, ni la vida en sí. De repente ya no quise imaginarme más y sólo bajé la mirada y lancé la colilla hacia el suelo y la machaqué con fuerza, casi con rabia, descubriendo que cerca de mi pie había una pequeña piedra gris. Primero pensé que esa piedra no pertenecía ahí, a un patio interior de Łódź, sino a la playa de algún mar celeste y soleado. Luego pensé que sí pertenecía ahí, a un patio interior de Łódź, como una de esas piedras en un cementerio judío, puestas por los familiares al visitar las lápidas de sus muertos. Luego pensé que un patio interior también puede ser una lápida, y todo un edificio un mausoleo.

Agachándome, recogí la pequeña piedra del suelo y la apreté con fervor dentro de mi puño, queriendo sentir su frialdad en mi puño, queriendo destriparla en mi puño como a una ciruela.

❉

Los gritos se oían a través de la puerta.

Yo sentí cosquillas en el vientre. Por miedo. O por algo más. Me volví hacia madame Maroszek en la semioscuridad del mismo pasillo, y le susurré que quizás aquél no era el mejor momento. Ella sonrió, dejando en claro mi cobardía. Luego hizo un chasquido con la lengua y me dijo que tocara el timbre de nuevo. Esta vez los gritos de pronto cesaron.

Abrió la puerta una mujer rubia, o rubia pelirroja, con piel pálida y blanda y levemente pecosa, de unos treinticinco o cuarenta años, y vestida con pantuflas y bata de franela. Parecía recién despertada. O tal vez con resaca. Su expresión, en cualquier caso, no era amigable.

Madame Maroszek la saludó y empezó a decirle algo en polaco, probablemente que nos disculpara, que yo era nieto de un judío polaco, de un judío de Łódź, de un judío sobreviviente, de un judío que antes de la guerra había vivido ahí, en ese viejo apartamento, con sus padres y hermanos, todos ellos asesinados por los alemanes. La mujer escuchaba a madame Maroszek pero siempre observándome a mí, sin discreción ni pena, mientras yo sólo le sonreía como un idiota en mi gabán color rosa y me preguntaba qué mierdas hacía en ese edificio vetusto, en esa ciudad extraña y obsoleta, ante esa pobre mujer recién despertada. ¿Por qué había viajado a Polonia? ¿Por qué mi insistencia en rastrear los pasos de un abuelo? ¿Qué creía que iba a comprender al conocer ese apartamento, cuya apariencia posiblemente ya nada tenía que ver con aquel apartamento de septiembre del 39? ¿Qué buscaba, en realidad? ¿Acercarme a un abuelo, a una tradición? ¿Husmear entre los últimos huesos y fósiles de una truncada historia familiar? Estaba por interrumpir a madame Maroszek y decirle que por favor nos fuéramos, que ya no quería entrar al apartamento, que ya no quería molestar a nadie, cuando ella de pronto sacó unos papeles de su enorme bolsa de cuero y se los entregó a la mujer. Eran fotocopias del archivo histórico, según me había dicho esa mañana, con los nombres y direcciones de las familias judías de Łódź antes de la guerra, y que confirmaban los datos que mi abuelo había escrito en el papel amarillo. La mujer, aún de pie en el umbral, se puso a hojearlos, como para verificar la autenticidad de nuestra historia, de mi historia. Yo aún no me atrevía a mirar detrás de ella, hacia el resto del apartamento, sin su permiso. Entonces nada más bajé la mirada y me sorprendí al encontrar ahí, apenas asomándose entre los pliegues de franela, el rostro tímido y lloroso de un niño.

La mujer no parecía muy convencida. Sólo dijo algo en polaco que a mí me sonó a una negación, y le devolvió los papeles a madame Maroszek. Hubo un silencio incómodo. El niño miraba hacia arriba desde la bata de franela, su ceño fruncido. En eso madame

Maroszek dijo unas cuantas palabras en polaco, no más de cinco o seis palabras, pero que de inmediato cambiaron el semblante de la mujer. Ella abrió un poco los ojos y abrió un poco la boca, como asustada o sorprendida, y rápido se movió a un lado, invitándonos a pasar. Yo, igual de asustado o sorprendido que ella, me volví hacia madame Maroszek y le pregunté en un susurro qué palabras mágicas le había dicho, pero ella sólo me hizo señales con la mano para que me apurara a entrar. Y ya cruzando el umbral del apartamento, pensé fugazmente que sus cinco o seis palabras quizás habían tenido un tono de amenaza, de intimidación. Aunque igual de fugazmente dejé de pensarlo.

Dziękuję, gracias, le dije a la mujer con una sonrisa. Luego le sonreí al niño, quien de inmediato brincó desde su escondite de franela y gritó alguna injuria en polaco y me pegó un suave puñetazo en el muslo.

El apartamento era mucho más moderno de lo que me había imaginado, y mucho más pequeño, y no tardamos nada en conocerlo, guiados y acompañados por la mujer. Su hijo, un niño rubio de tres o cuatro años, se mantuvo siempre unos pasos detrás de nosotros, mirándome desde lejos con curiosidad y recelo. Seguro planificaba ya su próximo puñetazo.

Estábamos todos de pie en la sala cuando la mujer

me preguntó en polaco por los padres de mi abuelo. Le dije que mi bisabuelo, Shmuel, nacido en un shtetl cerca de Lublin llamado Chodel, había sido sastre ahí en Łódź, y mientras madame Maroszek traducía me quedé mirando la sala color turquesa a mi alrededor, e intenté imaginarme ahí a mi bisabuelo, sentado en ese horrendo sofá color turquesa, una cinta métrica colgándole del cuello, una muñequera de felpa prensada a su antebrazo, llena de alfileres. Luego le dije que mi bisabuela, Masha, había sido lavandera de ropa para la gente del barrio, y mientras madame Maroszek traducía me quedé mirando las decoraciones falsas a mi alrededor, e intenté imaginarme lazos y tendederos entre las plantas de plástico, y a mi bisabuela ahí colgando trapos, su rostro incoloro, sus manos ya arrugadas y pálidas de tanto lavar. Luego le dije que, según investigó madame Maroszek, mis bisabuelos habían sido deportados a Auschwitz durante la liquidación final del gueto, en agosto del 44, y que ambos murieron ahí, en Auschwitz, tal vez de hambre, o tal vez fusilados, o tal vez en las cámaras de gas.

Madame Maroszek seguía traduciendo y yo vi que el niño rubio nos espiaba desde el umbral de un dormitorio. Después vi que en la pared de la sala había un enorme crucifijo de oro, un largo rosario, y una serigrafía de la imagen de algún monje o santo, no me quedó muy claro. Aumentaron las cosquillas en mi vientre.

La mujer de pronto le dijo algo en polaco a madame Maroszek. Pregunta ella, tradujo, por qué quería usted conocer el apartamento, si éste ya está cambiado y hasta remodelado, si éste ya no es el mismo en el que vivió su abuelo tantos años atrás. Yo volví la mirada hacia la mujer y guardé silencio unos segundos. Por primera vez tendría que articular una respuesta, cualquier respuesta. Por primera vez tendría que poner en palabras algo que ni yo mismo entendía. No sé, empecé a murmurar en español mientras madame Maroszek traducía al polaco. Desde hace muchos años sabía que tenía que venir, le dije despacio, que tenía que visitar la casa de mi abuelo aquí en Łódź. Sin saber realmente por qué, le dije. Como un peregrinaje, le dije, y de inmediato cerré los ojos con pudor y me vi a mí mismo vestido en un camisón blanco, y con una corona de petunias en la cabeza, y apoyándome en una larga varilla mientras caminaba descalzo por el desierto. Hay imágenes, pensé al abrir los ojos, que están hechas de plomo.

El niño rubio lanzó un alarido desde lejos. La mujer cruzó los brazos, se cerró la bata aún más y me sonrió, como apenada por el grito de su hijo. Madame Maroszek empezó a decirle algo en polaco, quizás ya una despedida.

¿Será posible pedirle prestado el baño?, le dije a madame Maroszek, interrumpiéndola. No estaba seguro si lo que sentía en el vientre eran ganas de orinar o ganas de estar solo unos minutos, de aislarme de todo y de todos durante unos minutos. Madame Maroszek se sorprendió un poco, y pareció no aprobar, pero igual le hizo la pregunta en polaco a la mujer, quien estiró un brazo y dijo algo mientras señalaba al final del pasillo.

Se me ocurrió al cerrar la puerta que me había equivocado de baño. Una estantería estaba repleta de perfumes y cremas y lociones de mujer. Ropa interior femenina colgaba en la ducha. Aparentaba ser más el baño de ella, y no el de visitas. O tal vez, como sucede a menudo en apartamentos europeos, ése era el único baño. No sabía. Pero tampoco me importó. Sólo levanté el asiento del inodoro y traté de orinar lo más limpio posible, sin salpicar tanto y sin pensar tanto en que ahí mismo, hacía setenta años, también había salpicado un poco mi abuelo.

Terminé y eché agua y, mientras me estaba lavando las manos, alcé la vista y descubrí algo en el espejo que no había visto antes: detrás de mí había un pequeño armario de metal negro, angosto, de medio metro de alto. Tenía la puerta semiabierta. Un pequeño candado reposaba en el suelo. Sólo fue necesario darle a la puerta un leve golpe con la rodilla para terminar de abrirla.

Estaba lleno de videos. Veinte o treinta videos. Todos amontonados. Todos como de los años ochenta. Y todos de películas porno polacas. Sonreí, sintiéndome un poco excitado ante la mera posibilidad de mujeres desnudas, sintiéndome como un detective que por accidente ha descubierto la pista más útil, o la pista más inútil. De pronto escuché voces afuera en el pasillo y estaba a punto de cerrar la pequeña puerta del escaparate cuando creí ver, en una de las cubiertas, la foto a color de una rubia muy parecida a la mujer del apartamento. Pero mucho más joven, y mucho más guapa, y con muchas más curvas. Me acerqué un poco y empecé a sacar con cuidado otros videos. Casi todos tenían en la cubierta una foto de la misma rubia, aunque en distintas poses y vestida con diferente ropa. En una: disfrazada de enfermera, sosteniendo sus tetas. En otra: ella y otra mujer, ambas en pequeños bikinis negros, besándose y sobándose metidas en una bañera. En otra: postrada en cuatro, su culo entero hacia la cámara, su rostro de placer también volteado hacia la cámara. En otra: tendida boca arriba sobre unas sábanas de terciopelo rojo, sus piernas abiertas y bien extendidas, sus manos apenas tapándose el sexo. ¿Pero era ella? ¿Era la misma mujer del apartamento? Las voces seguían creciendo afuera en el pasillo, y el niño rubio seguía lanzando alaridos, y yo me apuré a buscar un video, cualquier video, el más explícito o el más infame o el que tenía más cerca, y lo guardé en el enorme bolsón del gabán color rosa, diciéndome a mí mismo que sí, que quizás, que a lo mejor en el apartamento del gueto donde los nazis habían capturado a mi abuelo vivía ahora una actriz porno, una ya deslucida actriz porno, y cómo no entonces masturbarme luego, en recio, en polaco, en su honor.

Creo que la cafetería ni siquiera tenía nombre. Estaba llena de viejos tomando café y fumando con desesperación y nosotros tuvimos que quedarnos de pie en una barra estrecha y apretada. La dueña o única mesera era una señora cincuentona, algo antipática. Nos sirvió dos espressos, y para mí, por insistencia de madame Maroszek, un pastel de hojaldre y natilla llamado karpatka. Para avivarme o relajarme un poco, me tomé el espresso de un solo trago.

Afuera lloviznaba suave. Los andenes de la estación estaban casi vacíos. De tanto en tanto se escuchaba el metálico traqueteo de algún viejo tren que llegaba, de algún viejo tren que partía.

Madame Maroszek, el bastón de ébano colgándole de la muñeca, le daba pequeños sorbos a su espresso. Yo quería aprovechar ese último tiempo juntos para preguntarle sobre las historias de sus padres, preguntarle qué versiones de la historia de sus padres eran verídicas. Pero lo consideré indiscreto e indecoroso, y sólo le pedí un último cigarro polaco. Ella colocó su enorme bolsa de cuero sobre la barra y sacó el paquete de tabaco negro y ambos nos fumamos despacio ese último cigarro, como en una milenaria y amarga comunión.

Para usted, me dijo de pronto, sacando ahora de su bolsa un bulto envuelto en papel manila color crema y atado con un fino listón blanco. Un pequeño regalo de despedida, añadió. Se lo agradecí, recibiendo el paquete con sorpresa y pudor: era yo quien debía estar dándole regalos a ella, agradeciéndole a ella. Ábralo, deprisa, me ordenó, y yo, tras deshacer el listón y luego quitar con cuidado el papel manila, descubrí que eran tres libros. Madame Maroszek los tomó rápido de mis manos.

Mostrándome el primer libro —un volumen antiguo, clásico, hermoso, como de librería de viejo—, me dijo que después de la guerra, en una casa abandonada del gueto, alguien encontró un viejo ejemplar ilustrado similar a ése, de esa misma novela, *Les Vrais Riches*, del escritor francés François Coppée, y en cuyos márgenes estaba escrito a mano, en cuatro idiomas —polaco, inglés, yídish y hebreo—, el diario de un judío adolescente de Łódź. Sus apuntes sobre la vida en el gueto son extraordinarios, me dijo madame Maroszek, pero duran sólo tres meses, del 5 de mayo al 3 de agosto del 44, fecha en que él mismo fue deportado a Auschwitz, y donde tal vez murió en las cámaras de gas. No se sabe exactamente, me dijo. Tampoco se sabe su nombre.

Mostrándome el segundo libro —un cuaderno tipo contable, nuevo, con letras doradas sobre una tapa negra—, me dijo que después de la guerra, en el 61, mientras unos trabajadores excavaban cerca del Crematorio III de Auschwitz, desenterraron el diario de un judío de Łódź, escrito en 342 hojas sueltas, arrancadas por él mismo de un libro de contabilidad muy similar a ése. Todas las entradas del diario están escritas en forma de carta, me dijo, y encabezadas Querido Willy, y detallan meticulosamente la vida cotidiana del gueto. Tras quince años bajo tierra, dos terceras partes de las hojas resultaron ilegibles, pero las demás sobrevivieron. No se sabe el nombre de su escritor, me dijo. No se sabe quién era Willy. Sólo se sabe, por las hojas contables que sobrevivieron al tiempo, por sus palabras que sobrevivieron al entierro y al gas, que el escritor tenía una esposa y tres hijas.

Mostrándome el tercer libro —un cuadernillo pequeño, ya gastado, con una foto en blanco y negro en la portada de un hombre rodeado de niños, todos ellos con una estrella de David bordada en la ropa—, me dijo que después de la guerra, un judío del gueto de Łódź llamado Jo Wajsblat, sobreviviente él mismo de Auschwitz, había publicado en París ese breve libro, titulado *Le Témoin imprévu*, en el cual recuperaba las canciones que su amigo Yankele Herszcowitz había escrito y cantado durante su tiempo en el gueto. Aunque era sastre de profesión, me dijo, Yankele Herszcowitz se había convertido en un famoso trovador en el gueto. Se paraba en las calles del gueto, me dijo, sobre una caja de madera o un bote de basura, y por unas cuantas monedas de limosna cantaba sus baladas y canciones, que hablaban con humor y melancolía de la vida en el gueto, del hambre, de las injusticias, del sufrimiento, de tantas muertes (me enteraría luego de que casi treinta años después de sobrevivir el gueto de Łódź, y los hornos de Auschwitz, y el campo de exterminación en Braunschweig, Yankele Herszcowitz, ya de vuelta en Łódź, se suicidó una noche de invierno, con gas). Y es que Yankele Herszcowitz, me dijo madame Maroszek, podía decir con sátira en sus canciones todo aquello que los judíos del gueto tenían prohibido decir, so pena de muerte, y esas canciones, entonces, se volvieron himnos subversivos de resistencia en el gueto. Todos en el gueto sabían y cantaban sus canciones, me dijo, pero especialmente una de sus canciones. Geto, getunya, getokhna kokhana, rezaba el refrán en yídish. Gueto, pequeño gueto, oh gueto mi amor.

Madame Maroszek me devolvió los libros y se llevó su tacita a la boca con un aire teatral y yo pensé que jamás un regalo me había dejado tan eufórico y confundido a la vez.

Creí escuchar en la distancia el silbido de un tren de antaño, negro, bestial, con locomotora de vapor, mientras madame Maroszek me hablaba como en sueños. Algo decía de mi abuelo, de la familia de mi abuelo, del apartamento de mi abuelo, de la mujer rubia que ahora vivía en el apartamento de mi abuelo, pero yo apenas le ponía atención. Estaba por interrumpirla y preguntarle por qué un regalo tan extraño, preguntarle por qué esos tres libros, cuando de repente recordé todas sus cartas, todas sus historias escritas a mano en papeles membretados de distintos hoteles y tamaños y colores, y sentí que me acerqué a entender o vislumbrar algo. Acaso esto: que lo importante para madame Maroszek era usar papeles escritos como lugar de encuentro y reconciliación. Acaso esto: que lo importante para madame Maroszek era el papel mismo donde alguien escribe su historia, ya fuera éste una hoja contable o un pliego membretado o un antiguo pergamino de piel. Acaso esto: que lo importante para madame Maroszek no era que alguien escribiese su historia en un libro contable, o en los márgenes de una mala novela francesa, o en partituras invisibles, o en papeles membretados de los hoteles de una ciudad; acaso lo importante, para alguien como madame Maroszek, no era dónde escribimos nuestra historia, sino escribirla. Narrarla. Dar testimonio. Poner en palabras nuestra vida entera. Aunque tengamos que escribirla en papeles sueltos o en papeles robados. Aunque tengamos que levantarnos de una última cena para buscar un último papel amarillo. Aunque tengamos que narrarla sin nombre o con un nombre inventado y escrito en una enorme bitácora. Aunque tengamos que usar pequeños trozos de tiza blanca sobre un muro de humo negro. Aunque tengamos que apropiarnos de los márgenes de cualquier otro libro. Aunque tengamos que cantarla parados sobre un bote de basura. Aunque tengamos que ponernos de rodillas y excavar un hoyo con las manos, en secreto, al lado de un crematorio, hasta asegurarnos de poder dejar nuestra historia en el mundo, aquí en el mundo, bien enterrada en el mundo, antes de volvernos ceniza.

Yo le sonreí con amargura a madame Maroszek, guardando los libros en el bolsón del gabán color rosa, y fumando en silencio, y escuchando el eco que anunciaba en polaco la salida de algún tren, quizás de mi tren.

«Creo en el secreto llevado a la tumba.»
WISŁAWA SZYMBORSKA

Desde LIBROS DEL ASTEROIDE queremos agradecerle el tiempo que ha dedicado a la lectura de *Signor Hoffman*. Esperamos que el libro le haya gustado y le animamos a que, si así ha sido, lo recomiende a otro lector.

Al final de este volumen nos permitimos proponerle otros títulos de nuestra colección.

Queremos animarle también a que nos visite en www.librosdelasteroide.com y en nuestros perfiles de Facebook, Twitter e Instagram, donde encontrará información completa y detallada sobre todas nuestras publicaciones y podrá ponerse en contacto con nosotros para hacernos llegar sus opiniones y sugerencias.
Le esperamos.

«Halfon consigue iluminar, sin desvelarlo, el fascinante misterio de la escritura, es decir, de la vida.»
J. A. Masoliver Ródenas (La Vanguardia)

«El héroe de la obra de Halfon se deleita en la globalización risible de hoy, pero reconoce que lo que adoptamos de otras partes nos hace quienes somos.»
The New York Times

OTROS TÍTULOS PUBLICADOS POR
LIBROS DEL ASTEROIDE:

50 Las grandes familias, **Maurice Druon**
51 Todos los colores del sol y de la noche, **Lenka Reinerová**
52 La lira de Orfeo, **Robertson Davies**
53 Cuatro hermanas, **Jetta Carleton**
54 Retratos de Will, **Ann Beattie**
55 Ángulo de reposo, **Wallace Stegner**
56 El hombre, un lobo para el hombre, **Janusz Bardach**
57 Trilogía de Deptford, **Robertson Davies**
58 Calle de la Estación, 120, **Léo Malet**
59 Las almas juzgadas, **Miklós Bánffy**
60 El gran mundo, **David Malouf**
61 Lejos de Toledo, **Angel Wagenstein**
62 Jernigan, **David Gates**
63 La agonía de Francia, **Manuel Chaves Nogales**
64 Diario de un ama de casa desquiciada, **Sue Kaufman**
65 Un año en el altiplano, **Emilio Lussu**
66 La caída de los cuerpos, **Maurice Druon**
67 El río de la vida, **Norman Maclean**
68 El reino dividido, **Miklós Bánffy**
69 El rector de Justin, **Louis Auchincloss**
70 El infierno de los jemeres rojos, **Denise Affonço**
71 Roscoe, negocios de amor y guerra, **William Kennedy**
72 El pájaro espectador, **Wallace Stegner**
73 La bandera invisible, **Peter Bamm**
74 Cita en los infiernos, **Maurice Druon**
75 Tren a Pakistán, **Khushwant Singh**
76 A merced de la tempestad, **Robertson Davies**
77 Ratas de Montsouris, **Léo Malet**
78 Un matrimonio feliz, **Rafael Yglesias**
79 El frente ruso, **Jean-Claude Lalumière**
80 Télex desde Cuba, **Rachel Kushner**
81 A sangre y fuego, **Manuel Chaves Nogales**
82 Una temporada para silbar, **Ivan Doig**
83 Mi abuelo llegó esquiando, **Daniel Katz**
84 Mi planta de naranja lima, **José Mauro de Vasconcelos**
85 Los amigos de Eddie Coyle, **George V. Higgins**
86 Martin Dressler. Historia de un soñador americano, **Steven Millhauser**
87 Cristianos, **Jean Rolin**
88 Las crónicas de la señorita Hempel, **Sarah Shun-lien Bynum**
89 Canción de Rachel, **Miguel Barnet**
90 Levadura de malícia, **Robertson Davies**
91 Tallo de hierro, **William Kennedy**
92 Trifulca a la vista, **Nancy Mitford**
93 Rescate, **David Malouf**
94 Alí y Nino, **Kurban Said**
95 Todo, **Kevin Canty**
96 Un mundo aparte, **Gustaw Herling-Grudziński**
97 Al oeste con la noche, **Beryl Markham**
98 Algún día este dolor te será útil, **Peter Cameron**
99 La vuelta a Europa en avión. Un pequeño burgués en la Rusia roja, **Manuel Chaves Nogales**
100 Una mezcla de flaquezas, **Robertson Davies**

101 Ratas en el jardín, **Valentí Puig**
102 Mátalos suavemente, **George V. Higgins**
103 Pasando el rato en un país cálido, **Jose Dalisay**
104 1948, **Yoram Kaniuk**
105 El rapto de Britney Spears, **Jean Rolin**
106 A propósito de Abbott, **Chris Bachelder**
107 Jóvenes talentos, **Nikolai Grozni**
108 La jugada maestra de Billy Phelan, **William Kennedy**
109 El desbarajuste, **Ferran Planes**
110 Verano en English Creek, **Ivan Doig**
111 La estratagema, **Léa Cohen**
112 Bajo una estrella cruel, **Heda Margolius Kovály**
113 Un paraíso inalcanzable, **John Mortimer**
114 El pequeño guardia rojo, **Wenguang Huang**
115 El fiel Ruslán, **Gueorgui Vladímov**
116 Todo lo que una tarde murió con las bicicletas, **Llucia Ramis**
117 El prestamista, **Edward Lewis Wallant**
118 Coral Glynn, **Peter Cameron**
119 La rata en llamas, **George V. Higgins**
120 El rey de los tejones, **Philip Hensher**
121 El complot mongol, **Rafael Bernal**
122 Diario de una dama de provincias, **E. M. Delafield**
123 El estandarte, **Alexander Lernet-Holenia**
124 Espíritu festivo, **Robertson Davies**
125 El regreso de Titmuss, **John Mortimer**
126 De París a Monastir, **Gaziel**
127 ¡Melisande! ¿Qué son los sueños?, **Hillel Halkin**
128 Qué fue de Sophie Wilder, **Christopher R. Beha**
129 Vamos a calentar el sol, **José Mauro de Vasconcelos**
130 Familia, **Ba Jin**
131 La dama de provincias prospera, **E.M. Delafield**
132 Monasterio, **Eduardo Halfon**
133 Nobles y rebeldes, **Jessica Mitford**
134 El expreso de Tokio, **Seicho Matsumoto**
135 Canciones de amor a quemarropa, **Nickolas Butler**
136 K. L. Reich, **Joaquim Amat-Piniella**
137 Las dos señoras Grenville, **Dominick Dunne**
138 Big Time: la gran vida de Perico Vidal, **Marcos Ordóñez**
139 La quinta esquina, **Izraíl Métter**
140 Trilogía Las grandes familias, **Maurice Druon**
141 El libro de Jonah, **Joshua Max Feldman**
142 Cuando yunque, yunque. Cuando martillo, martillo, **Augusto Assía**
143 El padre infiel, **Antonio Scurati**
144 Una mujer de recursos, **Elizabeth Forsythe Hailey**
145 Vente a casa, **Jordi Nopca**
146 Memoria por correspondencia, **Emma Reyes**
147 Alguien, **Alice McDermott**
148 Comedia con fantasmas, **Marcos Ordóñez**
149 Tantos días felices, **Laurie Colwin**
150 Aquella tarde dorada, **Peter Cameron**
151 Signor Hoffman, **Eduardo Halfon**
152 Montecristo, **Martin Suter**

153 Asesinato y ánimas en pena, **Robertson Davies**
154 Pequeño fracaso, **Gary Shteyngart**
155 Sheila Levine está muerta y vive en Nueva York, **Gail Parent**
156 Adiós en azul, **John D. MacDonald**
157 La vuelta del torno, **Henry James**
158 Juegos reunidos, **Marcos Ordóñez**
159 El hermano del famoso Jack, **Barbara Trapido**
160 Viaje a la aldea del crimen, **Ramón J. Sender**
161 Departamento de especulaciones, **Jenny Offill**
162 Yo sé por qué canta el pájaro enjaulado, **Maya Angelou**
163 Qué pequeño es el mundo, **Martin Suter**
164 Muerte de un hombre feliz, **Giorgio Fontana**
165 Un hombre astuto, **Robertson Davies**
166 Cómo se hizo La guerra de los zombis, **Aleksandar Hemon**
167 Un amor que destruye ciudades, **Eileen Chang**
168 De noche, bajo el puente de piedra, **Leo Perutz**
169 Asamblea ordinaria, **Julio Fajardo Herrero**
170 A contraluz, **Rachel Cusk**
171 Años salvajes, **William Finnegan**
172 Pesadilla en rosa, **John D. MacDonald**
173 Morir en primavera, **Ralf Rothmann**
174 Una temporada en el purgatorio, **Dominick Dunne**
175 Felicidad familiar, **Laurie Colwin**
176 La uruguaya, **Pedro Mairal**
177 Yugoslavia, mi tierra, **Goran Vojnović**
178 Tiene que ser aquí, **Maggie O'Farrell**
179 El maestro del juicio final, **Leo Perutz**
180 Detrás del hielo, **Marcos Ordóñez**
181 El meteorólogo, **Olivier Rolin**
182 La chica de Kyushu, **Seicho Matsumoto**
183 La acusación, **Bandi**
184 El gran salto, **Jonathan Lee**
185 Duelo, **Eduardo Halfon**
186 Sylvia, **Leonard Michaels**
187 El corazón de los hombres, **Nickolas Butler**
188 Tres periodistas en la revolución de Asturias, **Manuel Chaves Nogales, José Díaz Fernández, Josep Pla**
189 Tránsito, **Rachel Cusk**
190 Al caer la luz, **Jay McInerney**
191 Por ley superior, **Giorgio Fontana**
192 Un debut en la vida, **Anita Brookner**
193 El tiempo regalado, **Andrea Köhler**
194 La señora Fletcher, **Tom Perrotta**
195 La catedral y el niño, **Eduardo Blanco Amor**
196 La primera mano que sostuvo la mía, **Maggie O'Farrell**
197 Las posesiones, **Llucia Ramis**
198 Una noche con Sabrina Love, **Pedro Mairal**
199 La novena hora, **Alice McDermott**
200 Luz de juventud, **Ralf Rothmann**
201 Stop-Time, **Frank Conroy**
202 Prestigio, **Rachel Cusk**

203 Operación Masacre, **Rodolfo Walsh**
204 Un fin de semana, **Peter Cameron**
205 Historias reales, **Helen Garner**
206 Comimos y bebimos. Notas sobre cocina y vida, **Ignacio Peyró**
207 La buena vida, **Jay McInerney**
208 Nada más real que un cuerpo, **Alexandria Marzano-Lesnevich**
209 Nuestras riquezas, **Kaouther Adimi**
210 El año del hambre, **Aki Ollikainen**
211 El sermón del fuego, **Jamie Quatro**
212 En la mitad de la vida, **Kieran Setiya**
213 Sigo aquí, **Maggie O'Farrell**
214 Claus y Lucas, **Agota Kristof**
215 Maniobras de evasión, **Pedro Mairal**
216 Rialto, 11, **Belén Rubiano**
217 Los sueños de Einstein, **Alan Lightman**
218 Mi madre era de Mariúpol, **Natascha Wodin**
219 Una mujer inoportuna, **Dominick Dunne**
220 No cerramos en agosto, **Eduard Palomares**
221 El final del affaire, **Graham Greene**
222 El embalse 13, **Jon McGregor**
223 Frankenstein en Bagdad, **Ahmed Saadawi**
224 El boxeador polaco, **Eduardo Halfon**
225 Los naufragios del corazón, **Benoîte Groult**
226 Crac, **Jean Rolin**
227 Unas vacaciones en invierno, **Bernard MacLaverty**
228 Teoría de la gravedad, **Leila Guerriero**
229 Incienso, **Eileen Chang**
230 Ríos, **Martin Michael Driessen**
231 Algo en lo que creer, **Nickolas Butler**
232 Ninguno de nosotros volverá, **Charlotte Delbo**
233 La última copa, **Daniel Schreiber**
234 A su imagen, **Jérôme Ferrari**
235 La gran fortuna, **Olivia Manning**
236 Todo en vano, **Walter Kempowski**
237 En otro país, **David Constantine**
238 Despojos, **Rachel Cusk**
239 El revés de la trama, **Graham Greene**
240 Alimentar a la bestia, **Al Alvarez**
241 Adiós fantasmas, **Nadia Terranova**
242 Hombres en mi situación, **Per Petterson**
243 Ya sentarás cabeza, **Ignacio Peyró**
244 El evangelio de las anguilas, **Patrik Svensson**
245 Clima, **Jenny Offill**
246 Vidas breves, **Anita Brookner**
247 Canción, **Eduardo Halfon**
248 Piedras en el bolsillo, **Kaouther Adimi**
249 Cuaderno de memorias coloniales, **Isabela Figueiredo**
250 Hamnet, **Maggie O'Farrell**
251 Salvatierra, **Pedro Mairal**
252 Asombro y desencanto, **Jorge Bustos**
253 Días de luz y esplendor, **Jay McInerney**